AF201081

Wir aßen sie roh. Menschen auf dem Weg nach oben. Ein New Yorker Richtfest soll für zwei Frauen und zwei Männer nur ein weiterer Baustein in ihrer Karriereplanung werden. Doch bei der Auffahrt zum Dach bleibt plötzlich der Aufzug im Schacht des Wolkenkratzers stecken. Die metallene Box, in der sich die beiden ungleichen Paare eben noch mit anspielungsreichen Zynismen eindeckten und mit derben Frotzeleien die Zeit vertrieben, sie wird schnell zu einem albtraumhaften Käfig, den die vier im Angesicht des nahenden Todes als endzeitliche Bühne bespielen. Doch wo verliert sich in diesem letzten Schaukampf der verletzten Eitelkeiten die Realität? Und wo bildet sich in der wilden Fiktion aus dem Trauma des Verdrängens jetzt der Nukleus von Menschlichkeit heraus?

Thomas Herget lässt Upper Class People hoch über den Straßen von Downtown Manhattan über sich selbst richten und in eine dampfende Crime-Soap an der mexikanischen Grenze hinabtauchen. Doch hier wirkt der surreale Grusel, in den sich das todgeweihte Quartett immer lebhafter hineininszeniert, nur abstrakt läuternd. Die konkrete Darstellung der inneren Leere, die sich explizit in den skurrilen Machtansprüchen der beiden Frauen spiegelt, offenbart dabei die Vermeidungsstrategien aller Figuren, sich einer offenen Aussprache zu stellen. Die ständige Behauptung einer Moral, die hier nur als ein quasireligiöser Fetisch taugt, zeugt von der Perfidie dieser absurden Dramatik, Besitz- wie Rechtsansprüche über den Tod hinaus geltend zu machen.

„Wir aßen sie roh" ist ein irrer Spaß und eine düstere Farce zugleich. Der Autor schrieb das Stück unter dem Eindruck des Corona-Schocks, ohne dabei den weltumspannenden Pandemie-Marathon explizit zu thematisieren oder zum Leitmotiv zu erheben. Entstanden ist ein allegorisches Drama über die Einsamkeit von Menschen in digitalen Zeiten, Theater über die Unmöglichkeit, in urbanen Zerstreuungswüsten so etwas wie Nähe zuzulassen.

Thomas Herget wurde 1964 in Frankfurt am Main geboren. Neben seinem Studium in Darmstadt publizierte er für Zeitungen im deutschsprachigen Raum. Es folgten literarische Förderpreise und Stipendien. Danach war er vorwiegend journalistisch tätig, schrieb unter anderem für taz, Frankfurter Rundschau und Passauer Neue Presse. Heute veröffentlicht er Film- und Theaterrezensionen und zeichnet für das Bühnen-Ressort eines Magazins verantwortlich. Seit einigen Jahren betätigt er sich erneut literarisch. „Wir aßen sie roh" ist sein zweites Theaterstück. Er lebt mit seiner Frau in Südwestdeutschland und in der Nähe von Kiel.

„Mach es kurz! Am Jüngsten Tag ist's nur ein Furz"
Johann Wolfgang von Goethe

Thomas Herget

Wir aßen sie roh

Ein Aufzugsdrama

Das Stück entstand zwischen
Dezember 2019 und Februar 2020.
Die Erstausgabe erschien 2020 bei BoD - Books on Demand.
Alle Rechte vorbehalten, insbesondere das der Aufführung
durch Berufs- und Laienbühnen und das des öffentlichen
Vortrags, auch einzelner Abschnitte.
Diese Rechte sind nur vom Rechteinhaber zu erwerben.
Umschlagmotiv von Rhino Press.

Veröffentlicht als Paperback bei BoD, 2020.
Alle Rechte vorbehalten.
Copyrigt © 2020 Thomas Herget/Rechteinhaber.
Illustration und Gestaltung: Rhino Press.
Die Deutsche Nationalbibliothek verzeichnet diese Publikation
in der Deutschen Nationalbibliografie.
Detaillierte bibliografische Daten sind im Internet über
http://dnb.dnb.de abrufbar.
Herstellung und Verlag: BoD - Books on Demand, Norderstedt.
ISBN: 978-3-7519-0302-8

Inhalt

Wir aßen sie roh

Personen

AIDEN
ELLA, *Aidens Frau*
JACOB
CHARLOTTE, *Jacobs Verlobte*

Zeit und Ort

Heute. New York. In einem Aufzug.

Vor der Eingangstüre eines Fahrstuhls, Erdgeschoss. Ai-
den mit Ella davor, etwas dahinter warten Jacob und
Charlotte. Alle in festlicher Garderobe. Um sie herum
Kabelstränge, Farbeimer, Mörtelwannen, Rollen mit
Dämmmaterial. Scheinbar achtlos aufgerissene Karto-
nagen. Baulärm. Ein mächtiges Gebäude. In der Ferne
wird etwas eingerissen. Die Aufzugstüre öffnet sich mit
einem Gong. Aiden und Ella treten ein, Jacob folgt.
Nur Charlotte zögert.

JACOB *nach draußen, zu Charlotte* Was ist, hast du
etwa wieder deinen Lippenstift vergessen? Liebes, so
etwas wie in Franks Garage können wir nicht noch
mal bringen. Den Trip geh ich nicht mit, Charlotte.
Wir könnten unter Beobachtung stehen.

AIDEN *zu Jacob* Sie müssen Sie locken.

JACOB Was?

AIDEN Anfüttern, Mann! Sie müssen ihr etwas
anbieten, das sie nicht ausschlagen kann. Putt-putt,
einen Köder. Sie waren nie Fischen, hab ich recht?

Kommen wohl aus ner Anwaltsfamilie, so ne reiche Bagage. Einen Jagdschein haben Sie wohl auch nicht? Typen wie Sie tragen keinen Revolver, das riech ich, die haben nicht mal nen Angelschein. Sie sind noch nicht lange zusammen, was?

ELLA *dazwischen* Aiden, sieh doch, sie hat Angst.

AIDEN Angst? Sie war in Franks Garage. Hast du nicht zugehört, Ella? Dreiundachtzig Stockwerke. Dreiundachtzig! Mensch, guck mal, wie die sich ziert, wie die sich über die billigen Perlonstrümpfe kratzt. Sieht aus wie ne alte Jungfer vorm ersten Mal. *Zu Jacob* Wir waren übrigens auch bei Franks Eröffnung. Komisch, dass wir uns nicht über den Weg gelaufen sind, aber wir sind natürlich nicht ständig am Buffet entlang geschlichen. Typen wie Frank verschicken ihre Einladungen ja mittlerweile inflationär. Diese Influencer sind zu ner echten Plage geworden. Man muss sich nicht wundern, wenn der Kapitalmarkt total überhitzt. Ein Irrsinn, was denken Sie?

ELLA *beruhigend* Aiden, bitte.

JACOB *zu Charlotte, flehend, nachdem er sich gerade noch in den Spalt der zuschnappenden Aufzugstür geworfen hat* Charlotte, ich bitte dich, wenn je der Augenblick für Selbstachtung gekommen ist, dann jetzt.

AIDEN *trötend, von hinten* Charlotte, hier spricht Aiden. Auch wenn Sie jetzt von Interessenkonflikten übermannt werden sollten, nehmen Sie bitte nicht die Treppe, die ist noch im Bau.

JACOB *stemmt sich tapfer mit dem Hintern gegen die schließhungrige Schiebetür.* Sehen Sie nicht, dass Sie zittert? Schon mal was von Panikstörungen gehört?

ELLA *zu Jakob* Hören Sie -

JACOB - Jacob -

ELLA - Gut, Jacob. Ich will nicht unhöflich klingen, schon gar nicht kaltherzig, aber wenn Ihre Frau -

JACOB - Verlobte. Wir sind verlobt -

ELLA - also, wenn Ihre Verlobte unter einer psychischen Erkrankung leidet, dann sollte sie schnellstmöglich in ärztliche Behandlung und nicht auf diesen Empfang, der für den einen oder anderen von uns von großer Wichtigkeit werden könnte. Mitunter wirken sich kleinste Unpünktlichkeiten geschäftsschädigend aus. Ich betone: kleinste! Ich bin völlig damit einverstanden, wenn Sie meinen Mann für einen Grobian halten, sein Zynismus sollte Ihnen umgekehrt aber nicht den Vorwand liefern, die Insassen eines Aufzugs in Geiselhaft zu nehmen, indem Sie die an der Weiterfahrt hindern.

Unvermittelt tritt Charlotte in den Aufzug, zupft sich eingebildete Fusseln vom Blazer und streicht den makellosen Rock faltenfrei. Beide Frauen vorne am Eingang.

AIDEN Ahoi, wenn der Grobian die Fahrt jetzt starten dürfte?

13

Er drückt den obersten Knopf auf der Stockwerksleiste.
Schließen der Tür. Keinerlei Baulärm. Leises Rauschen
während der Auffahrt, unterbrochen durch gelegentli-
ches Poltern. Wie angewurzelt stieren alle geradeaus.
Nur Charlotte nestelt aus ihrem Handtäschchen einen
kleinen Spiegel und einen Lippenstift heraus, zieht sich
die Lippen nach.

ELLA *zu Charlotte* Sie reden nicht gerne, richtig?

CHARLOTTE *schweigt.*

ELLA Bei mir war das ähnlich. Ein ständiges Auf
und Ab. Ich nenne es: das große Schweigen vor den
Wechseljahren. Darauf jetzt einen Tusch! Tärää!

CHARLOTTE *schweigt.*

ELLA Wenn Sie's hinter sich haben, werden Sie
das kostbarste Gut einer Frau noch schätzen lernen,
Charlotte, ich darf Sie doch so nennen? Die Frau
in den besten Jahren, pah, dass ich nicht lache. Ich
pisse auf die besten Jahre, wenn von den Waffen einer Frau nur noch Worte übrigbleiben. Worte auf
der Goldwaage, während die Messer langsam stumpf
werden. Schauen Sie, ich zeig Ihnen was! *Rafft sich*
hastig den Ärmel ihrer Bluse nach oben. Sehen Sie das?
Lauter Runzelfältchen, darunter labberiges Binde-
gewebe, nein, bitte sehen Sie genau hin! *Charlotte*
schaut hin, emotionslos. Sehen Sie diese Altersflecken
am Unterarm? Ja? Damit fängt es an! Die Krähenfü-
ße im Gesicht sind nicht das Problem, mein Drogist

hat mysteriöse Tinkturen und rätselhafte Cremes gegen Pigmentierung auf Lager, aber der übrige Körper beginnt sich aufzulösen. Alles welkt. Es ist ein Zersetzungsprozess unter dem Mikroskop eines wachen Geistes. Eines Frauengeistes, hört her! Was ist, wollen Sie meinen Hintern sehen, Charlotte? Nein? Kommen Sie, ich zeig Ihnen meinen Arsch? *Charlotte baff.* Okay, dann eben nicht. Es bleibt natürlich jedem freigestellt, sich mit der Zukunft auseinanderzusetzen. Als ich so alt war wie Sie, meine Liebste, bestand ich im Grunde nur aus Sinnen. Mein Körper eine einzige Muschi, ein teuflisch zuckender Muskel, triebhaft durchströmt von Blut, Schweiß und unerhörten sich jagenden Hormonen. Die fleischigen Schamlippen haben sich gespannt wie - wie ein Flitzebogen, meine Güte, fragen Sie mal Aiden. *Zu Aiden* Hör mal Aiden, wann sind wir denn Top of he World?

AIDEN Ich mach Alarm.

ELLA Dieser Mann ist ein Traum. *Zu Aiden* Ich liebe dich, Aiden.

AIDEN Ich liebe dich auch, Ella.

ELLA Da hören Sie's. Der Kerl liebt mich, selbst wenn ich vor aller Welt verblühe. Der muss blind sein. Ich denke manchmal, ich habe einen Idioten geheiratet. Einen blinden Idioten. Charlotte, reden Sie sich bloß nicht ein, dass Sie einen Nobelpreisträger abkriegen werden.

CHARLOTTE Ich muss mich konzentrieren.

ELLA Auf was? Sie sprechen doch nicht. Kein Sterbenswörtchen, na ja, bis auf den Hinweis, Sie müssten sich konzentrieren. Die Kraft des Unausgesprochenen. Ist wohl ein Tick von Ihnen? Sie gehören hoffentlich nicht diesen Mormonen mit ihrer geweihten Unterwäsche an? Ich hatte mal so eine Phase, in der ich mir heilende Steine ins Bett gekippt habe, Herrgott nochmal, zu dem Zeitpunkt fing es auch an mit den Cremes. Ich gestehe Ihnen mal was: Ich glaube im Grunde auch, dass der Klimawandel eine Erfindung der Chinesen ist.

CHARLOTTE Ich muss mich konzentrieren.

ELLA Ach ja, sagt das ihr Therapeut? Ihr Angstpanikattackengeistheiler?

CHARLOTTE Konzentration ist gut.

ELLA Sie haben eine ausgewachsene Agoraphobie, Kleines. Platzangst.

CHARLOTTE Reden tut gut.

ELLA Aber Sie reden nicht.

CHARLOTTE In einer Stunde.

ELLA In einer Stunde rede ich. Ich rede, Sie hören zu, kapiert? Wie bei Franks Richtfest. Hat Sie nicht groß interessiert, schon klar, Sie mussten ja wie ein Schwarm Heuschrecken über das Buffet herfallen.

JACOB Sie war erkältet, sie hütete das Bett. Ich

lud mir ein halbes Dutzend Frischkäsebällchen und zwei Datteln im Speckmantel aufs Tellerchen. Das schlechte Gewissen.

ELLA Was?

JACOB Ein Katarrh.

ELLA Kommen Sie, gerade eben haben Sie noch gesagt, sie hätte ihren Lippenstift vergessen. Schon verdrängt?

JACOB Eine eitrige Schleimhautentzündung. Das mit dem Lippenstift muss ich durcheinander gebracht haben, aus Sorge um Ella. Wir werden ja ständig angefragt, tja, da kann so ein Immunsystem schnell schlappmachen. Jedenfalls hat man jemand anderes gebeten, die Rede zu halten. Frank ist in diesen Dingen sehr pragmatisch.

AIDEN Frank hat bezahlt.

ELLA *zu Aiden, zischelnd* Halts Maul!

JACOB *zu Aiden* Sehr richtig, Mann!

ELLA *zu Jacob* Sagen Sie mir, wo auf diesen Planeten nicht bezahlt wird? Wir sind alle Sklaven des globalen Handels, der Mensch ist im Grunde seines Herzens eine einzige Einzahlungsausschüttungsmaschine. Ich sag Ihnen jetzt was, Jacob. Ich bin gewissermaßen froh, auf der richtigen Seite zu stehen. Auf der Seite der Glanzes, der Glanz des Guten. Ach, kennen Sie nicht? Leute wie Sie bereiten mir jedenfalls kein schlechtes Gewissen. Nicht mehr. Ich scheiß auf Ihre Datteln-im-Speckmantel-Moral!

CHARLOTTE Darf ich mich jetzt konzentrieren?

ELLA Ich scheiß drauf! Aiden, reib der Kleinen doch mal die Bestätigungs-Mail unter die Nase, damit die sich ihre verfickte Rede aus dem Kopf schlagen kann. Du hast sie doch ausgedruckt?

AIDEN Sicher, Ella, sicher. *Er beginnt die Taschen seines Anzugs zu durchsuchen.*

ELLA Franks Garage, das war mein Durchbruch. Hey Ella, grölten sie noch Monate später über die belebten Straßen, willst du nicht die Rede zu unserem Richtfest halten? Ella, wir lieben dich! Das haben sie skandiert. Here she comes: The Queen of Richtfest! So stand es auf den Bannern und Flaggen, die sie stolz über ihre Köpfe hinweg schwenkten, hoch droben auf den Dächern der Stadt, die niemals schläft. Die kunstsinnigen jüdischen Makler von den Hudson Yards. Die kiffenden Millionärs-Kinder aus den Gründerhöllen, weiter drunten an den Piers des Hudson River. Das ganze schlitzäugige Geschmeiß aus Downtown Manhattan. Wuschig vor Anbetungswut waren die alle. Aber ich hab sie abprallen lassen, alright? Denn ein wirklicher Star macht sich rar. Er verschießt sein Pulver nicht in alle Richtungen, selbst wenn seine ledrige Haut langsam unter dem Cremepanzer modert. Er bündelt seinen Genius und setzt diesen zielgerichtet für hehre Zwecke ein. Die

Handwerker waren mir immer die liebsten Zuhörer, aber hallo, da könnt ihr einen drauf lassen! Der Anblick der Maurer und Zimmerer vorm Stehpult jagt mir noch heute wohlige Schauer über den Rücken. Von der Sonne gebrutzeltes Muskelfleisch unter taillierten Signalwesten, o lala, das lässt die Frau von Welt erbeben! *Blickt zu einer wie verkapselt wirkenden Charlotte neben sich, dann leiser* Okay, fast jede. Doch auch die wuseligen Anlagenmechaniker und Klimatechniker waren nicht von schlechten Eltern. Geschickte Hände. Mehr sag ich nicht. *Sie umfasst Charlottes Hand.* In jedem Fall waren sie den Pfoten der Sanitärheinis und Fliesenleger vorzuziehen, ach, was waren das für stinkende Pranken? Aufgedunsen wie Wasserleichen, mit flechtenartigen Fäkalienresten unter bläulichen Fingernägeln. Schwamm drüber! Denn als sie sich jetzt unterm Richtkranz versammelt und die zupackenden Griffel in den Taschen ihrer Blaumänner vergraben hatten, sah die Welt schon anders aus. *Sie zieht Charlottes Hand in die Nähe ihrer Scham.* Man glaubte, das Rubbeln zu hören, als sich diese imposanten Mannsbilder unter den groben Arbeitstextilien an ihre harten Schwänze fassten.

AIDEN *im Hintergrund, in Unterhose und Feinrippunterhemd, gestelzt fabulierend* So sei er ein Versager. Der, der so genannt werden darf, da er seiner holden

Frau nicht den versprochenen schriftlichen Nachweis ihres beruflichen Tuns liefern konnte. Nein, er ist Ihrer in seiner gesamten Deformation nicht würdig. Blicke Sie nun strafend auf ihn, auf dass Sie ihm Tiernamen geben möge bis an sein Lebensende, wann immer Ihr danach verlangt. *Die letzten Minuten hat Aiden mit der erfolglosen Suche nach der E-Mail verplempert. Dabei hat er sich fast komplett seiner schicken Business-Klamotten entledigt, diese wiederholt durchwühlt und schlussendlich frustriert zu einem Haufen aufgeworfen, in dem er nun unterwürfig sein Gesicht vergräbt.*

ELLA *wenig überrascht* Du heuchlerische Kreatur. Was bist du nur für eine Prüfung? Eine echte Belastung für eine Frau, die sich einst getrocknetes Sperma durch die Nase zog und in ihrer Periode badete. Jeder Eimer Pisse wäre vergeudet, würde er über dir niederregnen. *Sie spuckt in seine Richtung aus.*

JACOB *in Aidens Schluchzen hinein* Seid alle mal still! Pause. Hört ihr das? *Pause, in der Aidens Jammern noch dramatischer wirkt.* Hört das denn keiner?

ELLA Aiden, halt endlich die Fresse!

JACOB Pssst.

ELLA Ich hör nix.

JACOB Ich hör auch nix

ELLA Da müsste was sein, stimmt's?

JACOB *hält ein Ohr an die Metallwand der Kabine.*

Aber da ist nix. Kein Surren. Kein Klappern. Kein Lüftungsgeräusch. *Lauscht an der anderen Wand.* Warum ist da nix?

ELLA *Klingt schwerwiegend.*

AIDEN *wieder bei Sinnen* Was er meint: Wir stecken fest.

ELLA *wendet sich Charlotte zu, weil sie gesehen hat, dass deren Kopf unkontrolliert zu zucken beginnt.* Wir stehen das durch, Kleines.

AIDEN *resigniert* Das ist das Ende -

ELLA *ermahnend* - Aiden!

JACOB Es gibt sicher einen Notruf. *Er sucht danach.* Alle Aufzüge haben so einen Kasten, in den man reinsprechen kann. Der ist gesetzlich vorgeschrieben. *Drückt wild auf dem metallenen Tastenfeld herum, erst behutsam, dann mit Gewalt. Als sich nichts tut, trommelt er resigniert mit der Faust gegen die Blechverkleidung der Kabine.*

AIDEN Hören Sie auf, Mann, Sie machen sich lächerlich.

JACOB Sagen *Sie* doch, was wir machen sollen!

AIDEN Ich hatte gleich son mulmiges Gefühl, als ich dieses Trumm von außen gesehen hab. Fahrstuhl zum Schafott, hab ich noch gewitzelt. Stimmt's Ella?

ELLA Ach, halts Maul!

JACOB *zu Aiden* Die Nouvelle Vague hat tiefe Spuren bei Ihnen hinterlassen?

AIDEN Jeanne Moreau, die hab für ihre herbe Schönheit bewundert. Das dunkle Timbre.

ELLA Ins Gesicht gespuckt hätte sie dir! Jacob, passen Sie auf, gleich wird er Ihnen vorrechnen, für wie viele Stunden wir noch Sauerstoff zum Atmen haben.

JACOB *zu Aiden* Und? Wieviel Stunden sind es?

AIDEN Die Luft ist nicht das Problem, die Box hier ist so löchrig wie ein Schweizer Käse.

JACOB Wir werden erfrieren, wenn der Winter kommt. Das wollen Sie doch sagen?

AIDEN Machen Sie Witze, Mann? Glauben Sie, die werden uns hier oben mittels Versorgungsschläuchen künstlich ernähren und fröhlich Weihnachten feiern lassen? Das kann nur denken, wer glaubt, wir hätten 1969 den Mond betreten. Schon mal was von Stanley Kubrick gehört, Mann? Sie hätten weniger französische Schwarzweißfilme gucken sollen. Astronautennahrung ist was fürs Superhelden-Kino, mein Freund. Oder für Lupos Fressnapf. Schauen Sie sich mal um! Ganz recht, schauen Sie genau hin! Ist das etwa ein normaler Fahrstuhl? Das ist jedenfalls keines dieser Monster, die lächelnde japanische Touristen in Rekordgeschwindigkeit zu irgendwelchen Aussichtsplattformen hochjagen. Das hier ist ein verfluchter LAS-TEN-AUF-ZUG!

JACOB Schier angsteinflößend die Größe, aber -

AIDEN - Es gibt für solche Anlagen keine Notruf-einrichtungen, vergessen Sie's! Es gibt auch keinen Evakuierungsplan, no chance. Ist irgendein Versorgungsschacht wegen eines technischen Defekts belegt, benutzen die Jungs einen anderen. Sie nehmen einfach den nächstbesten gottverdammten Aufzug, kapitto? Es kann Monate dauern, bis irgendwelche Grützköpfe an so etwas wie Reparatur denken. Monate, verstehen Sie? Und Denken ist nicht gerade deren Stärke. Für die existieren wir gar nicht. Für die sind wir jetzt gerade eine Fuhre mit Moniereisen und Stahlkörben, rostend auf ihrem Weg zur Hölle. Revisionsschächte aus Beton meinetwegen, oder eben eine Karre mit Mauermörtel, der kurz vorm achtzigsten Stockwerk blubbernd aushärtet. *Jacob hat sein Smartphone hervorgeholt. Aiden sieht ihm emotionslos dabei zu, wie er ohne Unterlass, aber erfolglos eine Gesprächsverbindung aufzubauen und eine SMS zu senden versucht, schiebt dann bedauernd-lustvoll nach:* Hatte ich die massive Abschirmung solcher Einrichtungen schon erwähnt? Michael Faraday hätte eine ganze Seminarreihe damit füllen können. Jedenfalls dringt von hier kein Funksignal nach draußen, die metallenen Innenwände wirken wie Störsender bei Handygesprächen. Oder wie beim Absetzen von Notrufen. Das wäre ein klitzekleiner Hoffnungsschimmer gewesen, tja, aber dafür hängen wir einfach zu hoch über den Straßen.

ELLA Ich glaub, ich will sterben. *In einem Arm hält sie Charlotte umschlungen, die von heftigen Schüttelkrämpfen gezeichnet ist.* Ich will nur noch leben, weil ich die hier nicht sterben lassen will. Glaubt bloß nicht, die ist mir ans Herz gewachsen.

AIDEN Die ist dir ans Herz gewachsen.

JACOB Ein Kopf und ein Arsch.

AIDEN So sieht's aus.

ELLA *zu Jacob* Meine Fresse, Sie wissen nichts über Ihre Verlobte. Ich mein, Sie wollen sie heiraten, aber Sie wissen einen Dreck über sie. Kommt Ihnen das nicht spanisch vor?

JACOB Hab nie drüber nachgedacht.

ELLA Mag sie irgendwelche Blumen? Gerüche? Farben? Haben Sie jemals den Geruch ihrer Haare bemerkt? *Sie schnüffelt angeregt an Charlottes Haaren.* Vanilleschoten. Charlotte, was für ein wundervoller Name.

JACOB *unsicher* Chrysanthemen, glaub ich. Gelbe.

ELLA Ach kommen Sie, Jacob. Das ist Ihnen jetzt eingefallen, dieses stinkende Kraut für den Friedhof. Und sonst? Welche Musik hört sie? Schießen Sie los! Kuschelrock? Ich könnte wetten, sie mag Kuschelrock. Sie liebt ihn abgöttisch.

JACOB Sie hat da immer so eine Platte aufgelegt. Mit diesem Geschwisterpaar. Sie ganz dünn, mit so nem Dutt aufm Kopp. Und er? Er soll mal für Nixon gesungen haben. Glaub ich. Warten Sie, ich sing mal. *Er singt. „Top Of The World" von den Carpenters. Es klingt nicht gut.* Such a feelin's comin' over me / There is wonder in 'most every thing I see / Not a cloud in the sky, got the sun in my eyes / And I won't be surprised if it's a dream -

AIDEN *dreht sich entgeistert weg.* Mannomann.

JACOB *weiter* - Everything I want the world to be / Is now comin' true especially for me / And the reason is clear, it's because you are here / You're the nearest thing to heaven that I've seen / I'm on the top of the world lookin' down on creation / And the only explanation I can find / Is the love that I've found ever since you've been around / Your love's put me at the top of the world.

ELLA *dazwischen. Während Jacob leise weitersummt, lässt Ella ausgelassen den Song "Walk Like an Egyptian" anklingen, den Hit der Bangles. Dazu bewegt sie sich wie aufgezogen. Charlotte schwankt bedrohlich, weil Ella sie aus der Umklammerung lassen muss.* All the old paintings on the tomb / They do the sand dance, don't you know / If they move too quick / They're falling down like a domino / All the bazaar men by the Nile / They got the money on a bet / Gold crocodiles / They snap their teeth on your cigarette / Foreign types with the hookah pipes say / Way oh way oh, way oh way oh / Walk like an Egyptian. *Sie imitiert jetzt den Egyptian-Tanz, mit der nach vorne schnellenden Hand und den entenartigen Bewegungen.* Die Bangles, schon klar. Alle Mädchen lieben die Bangles. Die Schwestern.

JACOB *irritiert* Da war doch der Typ -

AIDEN *zu Jacob* Reaktionäres Arschloch.

JACOB Was?

AIDEN Nixon. Und gesungen haben sie beide für ihn. Auch Karen Carpenter.

JACOB *erleichtert* Die Carpenters, genau! Ich wusste, es ist irgendwas mit nem C.

CHARLOTTE *verdreht schaurig die Augen, torkelnd. Ein Erdbeben scheint ihren Körper erfasst zu haben, sie stößt einen markterschütternden Schrei aus.* Uaaaaaaaaaah!

ELLA *kann Charlotte gerade noch stützen. Umklammert sie mütterlich. Vorwurfsvoll zu Aiden* Siehst du, was du angerichtet hast? Deine verdammte Politik.

AIDEN Das ist ein halbes Jahrhundert her.

ELLA Na, wenn schon. Diese Krankheit kennt kein Vergessen, das Leiden hat keine Halbwertszeit. Hat sich das Böse erst einmal in der kranken Seele eingenistet, atomisieren sich Vergangenheit und Zukunft. Peng! Alle Mädchen lieben die Carpenters. Nach den Bangles vielleicht. Es ist eine bedingungslose Liebe. Liebe in der reinsten Form. Kein Watergate kann sie

26

erschüttern.

AIDEN Ich bin von Idioten umgeben. Warum ist mir das nicht früher aufgefallen? Gefangen inmitten eines Rudels von Philanthropen und Stoikern. Angeführt von einer Frau, die sich The Queen of Richtfest nennt. *Ruft* Hilfe, kann mich da draußen jemand hören? Ich rufe die freie Welt! Ich flehe sie an nach einem letzten Wunsch. Einen letzten verzweifelten. Wenn ich schon sterben muss, dann sollte es sich doch einrichten lassen, die letzten Stunden inmitten reflektierter Menschen zu verbringen. Im Geiste der Aufklärung vielleicht? Klingt das wie ein vergiftetes Arrangement? Sich aus dem Jenseits an ein Ende mit perlenden Konversationen zu erinnern, das muss etwas Wunderbares sein.

JACOB *zu Aiden* Wie - wie geht es zu Ende?

AIDEN Langsam, sehr langsam, mein Freund, wenn ich Sie so nennen darf. Jetzt, wo alles entschieden ist. Sehr langsam.

JACOB Wie -

AIDEN Wasser, mein Freund. Das treibt das Gehirn zu Höchstleistungen und lässt die Muskeln spielen.

ELLA *zu Jacob* Hören Sie nicht auf den alten Esel. Bevor der verdurstet, verreckt er an seinem Zynismus.

AIDEN Manche Patienten, die aus medizinischen Gründen nichts trinken dürfen, sagen, Durst sei schlimmer als die Schmerzen.

JACOB Klingt richtig schmerzhaft.

AIDEN Nach zwei, drei Tagen ohne Wasser wird es gefährlich. Die Nieren müssen zwangsentwässern. Weil keine Flüssigkeit zur Verfügung steht, bringen sich die Innereien selbst um die Ecke. Sie kneifen die umliegenden Blutgefäße zu und schneiden sich damit selbst von der Versorgung ab.

JACOB Cooler Märtyrertod.

AIDEN Erst am Ende. Wenn die Giftstoffe Gehirn, Muskeln und Nervenzellen zerstört haben. Anfänglich verfärbt sich die Haut bräunlich und beginnt zu jucken, ihr Atem riecht faulig und der ganze Körper stinkt nach Pisse. Sie haben ja gerade die runzeligen Arme meiner Frau gesehen. Die beschreiben unser aller Schicksal ziemlich detailreich.

ELLA Ein erbärmliches Scheusal, das bist du!

AIDEN Die inneren Vergiftungen lassen uns apathisch ins Koma fallen. Es ist das Kalium, das tötet.

JACOB Mein Arzt sagt, ich soll das nehmen.

AIDEN Ihr Arzt weiß nichts von Ihrem Blut, das in drei Tagen dick wie Ketchup sein wird. Die Kaliumkonzentration bringt Ihr Herz aus dem Takt. Tick, tack. Tick, tick, tack. Hören Sie es schon?

JACOB Tick, tack?

AIDEN Herzstillstand. Unspektakulär und sauber. Gerne hätte ich Ihnen noch von den Geheimnissen der Mumifizierung erzählt, aber -

ELLA - Kein Wort mehr, Crétin! -

AIDEN - Aber Ella sendet unmissverständliche Zeichen aus. Ich liebe sie, wenn sie auf der Palme ist.

JACOB *zu Ella* Ich glaub, ich hab was vergessen.

ELLA *scherzend* So ein Pech, die Rückfahrt in diesem Fahrstuhl ist laut meiner Passagierliste leider schon ausgebucht.

JACOB Ich hab vergessen zu sagen, dass -

ELLA - Paul. Ich hab's gewusst.

JACOB Wer?

ELLA Na, Paul. Wer hätte den von der Bettkante geschubst? Wir waren doch alle verknallt in die Beatles. Mein Typ war eigentlich Ringo.

JACOB Wenn ich recht überlege, war sie in diese Geschichten vernarrt. Ist son Mystery-Ding bei ihr.

ELLA Kann ich verstehen. Wussten Sie, warum die Beatles aufgehört haben, live zu spielen?

JACOB Sie hatten keine Lust mehr, die Beatles zu sein?

ELLA Sie hatten kein Lust mehr, sich von Leuten des Ku-Klux-Klans anspucken zu lassen, nachdem John Lennon behauptet hatte, die Beatles seien populärer als Jesus.

JACOB Hat er das?

ELLA Er hat.

JACOB Charlotte hätte diese Geschichte sicher

gefallen. *Er sieht Charlotte an, wehmütig weiter* Die hätte von ihr stammen können. Also, wenn diese Chose mit Gott nicht schon in der Welt gewesen wäre. Eine Zeitlang erzählten wir uns abends solche Sachen. Wie aus dem Nichts! Einer begann, der andere machte weiter. Völlig irre! So vertrieben wir uns die Nächte. Für sie war es wie eine Therapie vor dem Einschlafen. Für mich? Tja.

ELLA *reibt ihre Wange an Charlotte Haaren, die der strähnig und tränengetränkt übers Gesicht fallen.* Charlotte, du Schöne. Ein Kopf und ein Arsch, sagen die. Wenn dem so ist, dann will ich der Kopf an deinem Arsch sein. Aber was muss ich da hören? Du bist eine Schwindlerin? Eine kleine Gaunerin mit schwarzer Zigeunermähne, soso. Ein durchtriebenes Biest also! Doch darum geht es beim Geschichtenerzählen. Der Lüge zur Wahrheit zu verhelfen. Die Fiktion zur Gewissheit erheben, dieses Gefühl der ewigen Freiheit, für das man nicht belangt werden kann, weil bis dato noch keiner auf die Idee gekommen ist, den Traum vom Fliegen unter Strafe zu stellen. *Sie schlurft sehr langsam mit einer gezeichneten Charlotte im Arm rüber zu Jacob, packt den am Hemdkragen.* Jacob, was ist? Lassen Sie uns starten. Nehmen Sie den Steuerknüppel in beide Hände! Hören Sie nicht das Dröhnen der Triebwerke? Hören Sie hin, verdammt! Oder wollen Sie warten, bis Aidens Kalium in ihrem Blutkreislauf ein Massaker anrichtet?

AIDEN *tritt, zerrupft und nachlässig gekleidet, nach vorne. Das Hemd hängt ihm - gerafft nur durch die Hosenträger - aus der Hose. Er wirkt sehr konzentriert, aber auch schwach beseelt.* Mc Clutters Point liegt in der Nähe des Städtchens San Marcial in New Mexico. Direkt neben einem Highway, der Albuquerque mit Al Paso verbindet.

ELLA *dazwischen* Der Typ ist verrückt, was will der in Al Paso? Hilfe, das kann unmöglich mein Mann sein. Aiden, bist du es? Der kennt sich nicht mal in seinem Kühlschrank aus, der -

JACOB *hält Ella zurück* - Lassen Sie. Schauen Sie in seine Augen. Er imaginiert. Er weist uns den Weg.

AIDEN *gedanklich im Tunnel* Wo die Straße über Lavagestein abzweigt und weiter nach Roswell führt, gründeten irische Einwanderer Mitte des vorletzten Jahrhunderts eine Siedlung und benannten sie nach ihrem ältesten Bewohner. Nach entbehrungsreichen Jahren der Sesshaftigkeit beschlossen die ehrbaren Frauen und Männer, ihr karges Dasein zu beenden und weiter nach Osten zu ziehen, wo sie sich ein einträgliches Leben versprachen. Von der Siedlung ist, bis auf den Namen und wenige Grundmauern, nicht gerade viel übrig geblieben. Was Plünderern nicht mitzunehmen gelang, das schmirgelte die Wüste erbarmungslos zu Sand. Wo einst die Kirche

31

gestanden hatte, befindet sich nun eine Tankstelle, zu der ein kleines Restaurant gehört. Daneben gibt es einen Stall, der als Werkstatt genutzt wird, und eine alte Schmiede, die vor sich hin gammelt. Nach hinten hinaus liegt eine kleine Koppel, auf der allerlei Federvieh, ein Schwein, zwei Ziegen und ein halb verhungerter Esel ein kurzes, kümmerliches Leben fristen. Der bescheidene Besitz gehört einer jungen Frau mit dem schier unaussprechlichen Namen - *Er wird jäh von Charlotte unterbrochen, die sich aus Ellas Umklammerung befreien kann und nun erleichtert das Wort ergreift.*

CHARLOTTE - María Guadalupe Diez de Bonilla. Jawohl! Ein Name, der runtergeht wie süße Tacos. Die Fernfahrer, die beträchtliche Umwege nicht scheuen und Mc Clutters Point gerne anfahren, nennen sie ihrer schönen Haut und der nach Vanille duftenden Haare wegen nur Peach.

AIDEN *kühl* Am Morgen des 19. September 1975 findet die Polizei im ausgebrannten Obergeschoss des Restaurants zwei stark angekohlte Leichen. Einen Mann und eine Frau, seltsam ineinander verkrallt.

ELLA Ich weiß nicht, was euch geritten hat. Eben noch darf diese - *sucht*

CHARLOTTE - María Guadalupe Diez de Bonilla.

ELLA - also diese Peach noch betörend nach Vanille duften, anschließend lasst ihr sie bereits in den Flammen verkoken. Das ist mal wieder typisch für Aiden. Kein Herz für Melodramen.

JACOB *angefixt* Aber wir haben eine starke Exposition, eine klare geografische und zeitliche Verortung unserer Geschichte. Das Ende ist verdammt krass, nun ja. Aber wir halten jetzt alle Fäden in der Hand, die Story entgegen der Erwartungshaltung unserer Zuhörer aufzudröseln.

ELLA Welche Zuhörer?

AIDEN Sie hat recht.

JACOB Na schön, dann spinnen wir uns eben welche herbei. Aber Peach ist ein schöner Name, das müsst ihr zugeben. *Zu Charlotte* Willst du nicht weitermachen, Liebling?

CHARLOTTE *unsicher* Wir - wir bekommen Regen, sagt Peach. Sie - sie hält das gespülte Glas gegen das - das Licht vom Fenster.

JACOB Er ist eigentlich ein feiner Kerl, sagt Mullroy. Bis auf die Weibergeschichten. Aber er ist noch jung. Das legt sich. Mullroy trinkt den Rest von seinem Whiskey und schiebt das Glas zu ihr rüber.

ELLA *dazwischen* Mullroy? Wer zum Teufel ist jetzt dieser Mullroy? Und über wen reden die da eigentlich? *Lauter* Hallo, ist da jemand?

AIDEN *entnervt* Mullroy ist vermutlich irgend so ein Scheißtyp. Son Scheißtyp mit nem Künstlernamen, und der große Unbekannte soll wahrscheinlich aus dramaturgischen Gründen eine Zeit lang unbekannt bleiben, weil das der Teil eines Spannungsbogens ist, den du nie begreifen wirst. *Zu Charlotte und Jacob* Können wir noch einmal von vorne beginnen?

CHARLOTTE *gelangweilt* Regen. Glas. Fenster.

JACOB *gelangweilt* Kerl. Weibergeschichten. Whiskey.

AIDEN *streng* Nee, ernsthaft.

CHARLOTTE *geht zu Jacob.* Du könntest sein Vater sein, Mullroy. Der Vater des noch großen Unbekannten.

JACOB Das auch, sagt Mullroy. Trotzdem, feiner Kerl. Nur die Weiber.

CHARLOTTE Warum denkt ihr Burschen nur so? Habt ihr keine Achtung voreinander? Sie erwartet darauf keine Antwort. Jedenfalls keine ehrliche. Sie geht zu dem Fenster, aus dem man die Straße überblicken kann, nimmt die Schürze von ihren Hüften und legt sie über den nächstbesten Stuhl. Dann schließt sie den großen Flügel und danach den kleinen.

JACOB Es ist die Hitze, sagt er. Das Hirn, verstehst du? Der Sauerstoff erstickt.

ELLA *intervenierend* Schiefes Bild! Das ist wohl dem Kalium geschuldet.

AIDEN Wenn schon. Wir machen weiter!

JACOB Doch, doch, sagt Mullroy. Diese gottverdammte Hitze hat Schuld.

CHARLOTTE Noch nen Whiskey?

JACOB Yeah.

ELLA *hat sich entschlossen, in die Geschichte einzusteigen.* Seit Monaten hat es in dieser Gegend nicht geregnet. Schwer und faul liegt die Hitze schon vor den glühenden Mittagsstunden über der Wüste San Andres. Wie ein verwesender Krake. Peach nutzt den frühen Morgen dazu, die Fenster und Türen im Lunchroom zu öffnen, um ihren Gästen und sich Abkühlung zu verschaffen. Freilich ziehen mit der frischen Brise auch die Benzinfahnen von der Tankstelle nach drinnen. Doch der Geruch von Sprit und verbranntem Öl hat für die Fahrer, die sich sonst zu dieser verschlafenen Stunde Unmengen an Speckbohnen und Tequila von Peach über den Tresen reichen lassen, längst etwas Vertrautes. An diesem Morgen aber ist es ruhig. Nur Mullroy hängt brütend über seinem Whiskey.

JACOB Ehrlich, ich versteh dich nicht, sagt er zu Peach und schüttelt den Kopf.

CHARLOTTE Was, fragt sie, was verstehst du nicht?

JACOB Stehst dir tagein, tagaus die hübschen Beine in deinen kleinen Arsch, sagt er und mustert -

ELLA *beherzt dazwischen* - und mustert kurz ihre schönen, geraden Beine. Das was sich oberhalb des

Rocksaums bis in Höhe des Bauchnabels abspielen könnte, überlässt er lieber seiner kranken Phantasie -

JACOB *zu Charlotte* - Sieh dich an! Warum verschwendest du dich an diese üblen Bengels? Oder hast du dich an den Anblick ihrer zerknautschten Gesichter gewöhnt? Ist dir der Grind um ihre Augen aufgefallen? Außerdem stinken sie wie Pumapisse. Wenn man diese Ausdünstung einmal in der Nase hat, vergisst man sie nicht. Du bist schön. Das grenzt schon an Fahrlässigkeit. Jeder gesunde Bursche mit einer halbwegs fixen Birne würde sich - ich weiß nicht wie weit - krumm machen für eine wie dich. Hast du's kapiert? Lass dir das vom alten Mull gesagt sein: Eine Frau wie du gehört nicht an diesen Ort.

CHARLOTTE Ach ja, wohin gehört die denn?

JACOB Sieh dich um in der Stadt. Mehr sag ich nicht.

ELLA Peach lässt jetzt vom Spülkram ab. Sie lehnt sich über den Tresen zu ihm rüber. Das Kruzifix baumelt an der Kette vor ihrem Hals.

CHARLOTTE *an Jacob herangerückt* Schau mal genau hin, Mull!

ELLA *penibel, fordernd* Jacob, geh mal dichter an Peach ran! Das Kruzifix baumelt schließlich auch vor deiner Nase. Siehst du nicht, dass ihr Dekolletee tief blicken lässt?

CHARLOTTE *genervt, zu Jacob* Jetzt schau halt hin,

verdammte Kacke! Sieht so eine Frau aus, die einen Kerl für sich schuften lässt?

ELLA Mullroy schluckt. So genau weiß er nicht zu sagen, wie eine Frau auszusehen hat, die ihren Mann für sich arbeiten lässt. Jedenfalls kennt er keine solche. Nur kurz ruht daher sein Blick auf Peachs klassisch geschnittenem Gesicht. Danach suchen seine Augen Halt an ihrer Schulter, bevor sie hinab wandern zu den Flaschen, die wie Orgelpfeifen in dem Regal hinter ihr stehen. Sie tätschelt ihm zum Spaß die Wange. Wenn er getrunken hat, ist er wie ein Kind.

CHARLOTTE *trotzig* Ich brauch keinen Mann. Keinen für fest -

ELLA - Doch Mullroy weiß, dass das nicht stimmt.

JACOB *spitz* Du kannst mich nicht leiden, was?

CHARLOTTE Ihr habt alle nen Knall. Du den größten.

JACOB Was macht diesen Frank denn besonders? Er hat zwei Augen, eine Nase, hab ich was vergessen? Na schön, er ist jung, sieht gut aus. Kein Kunststück, wenn man jung ist. Bei war's nicht anders. Glaubst du, er hat das exklusiv?

CHARLOTTE *müde* Armer Mull.

ELLA Peach hat keine Lust mehr auf das Gerede. Sie stößt sich verärgert vom Tresen ab. Er zieht sehr laut etwas durch die Nase und spuckt es neben sich aus.

JACOB *spuckt aus.* Er konserviert seine Jugend, indem er dir deine stiehlt. Schon mal drüber nachgedacht?

ELLA Das reicht! Sie lässt frisches Wasser ins Becken ein, dreht dabei den Hahn bis zum Anschlag. Das Wasser rauscht so wild wie an den Niagarafällen.

JACOB Er ist ein ganz faules Stück, schreit Mullroy gegen das Wasser an. Zu nichts zu gebrauchen, außer den Rindern oben in Oklahoma ein glühendes Stück Eisen in die Flanke zu brennen.

CHARLOTTE Er macht mir Spaß.

JACOB Wenn's Spaß macht.

CHARLOTTE Vorläufig ja.

JACOB Bist schnell zufrieden, Pfirsichhaut.

CHARLOTTE Vielleicht genügt es mir. Was könnt ihr mir schon bieten? Außer dem Tod, um mit Brecht zu sprechen. *Überlegt.* Oder waren es die Bremer Stadtmusikanten?

ELLA Jetzt dreht sie den Hahn zu. Sie und Mullroy schweigen sich an. Durch die erbärmliche Musik, die aus dem Radio wabert, wirkt die Stimmung nur umso gereizter. Wild pochen Peachs Adern, in denen zur Hälfte mexikanisches Blut fließt. Bis zur Elle taucht sie die glühenden Unterarme ins Spülbecken ein. Zu gerne würde sie dem unsinnigen Leben dieses stinkenden Bastards darin ein Ende setzen, denn tatsächlich ist sie erregter, als Mullroy erahnen kann. Und letztlich ist es nicht die Vernunft, die sie vor der Tat zurückschrecken lässt, sondern die Kenntnis um ihre zwar sehnigen, aber doch hoffnungslos mickrigen Ärmchen, die für solche Gewalttaten wirklich nicht geschaffen waren. In einem Punkt freilich hatte Mullroy recht: Frank war wirklich ein verflucht faules Stück Scheiße. In der Regel arbeitete er gerade genug, um nicht verhungern zu müssen. Hatte er irgendwo ein paar Cent beiseitegelegt, kaufte er sich davon eine Zugfahrkarte, die ihn geradewegs zu neuen Ufern spülte, an denen er sich das Geld für das nächste Ticket verdiente. Oft plagten Peach Zweifel, ob es die Sehnsucht nach ihr war, die Frank in launenhaften Abständen nach Mc Clutters führte, oder doch nur die Annehmlichkeiten eines gemachten Bettes und regelmäßiger warmer Mahlzeiten. Augenblicklich verscheucht sie diesen Gedanken, auch jenen, der sie an die zahllosen undichten Stellen im Dach erinnert und an den Asphalt bei der Einfahrt zur Tankstelle, der unter der Hitze tellergroße Blasen wirft. Sei's drum! Lieber würde sie auf zwei zupackende Hände verzichten, als auf Franks inspirierende Geschichten, die sie vor Glück vergehen ließen. Sie liebte ihn so sehr. Sie würde ihn noch lieben, wenn sich die Hälfte der Weibergeschichten, die man sich von ihm in den Lunchrooms von San

Antonio bis Washington, D.C. erzählte, als wahr herausstellen würden. Doch weil mittlerweile eine ziemliche Ansammlung von Geschichten über Frank im Umlauf war, ist Peach sich jetzt nicht mehr ganz sicher, ob sie in diesen Dingen vielleicht doch ein Dummerle war.

CHARLOTTE Manchmal kann man es sich nicht aussuchen, sagt sie trocken.

ELLA Mullroy leert die Whiskeyflasche in einem finalen Schluck. Er wirft sie in einer hundertfach erprobten Armbewegung hinüber in die Tonne zu den anderen.

CHARLOTTE Es wird sich ergeben. Alles wird sich ergeben. Dann ist Schluss.

JACOB Mit nem Rollstuhl werden sie dich rauskarren.

CHARLOTTE Hältst besser die Schnauze.

JACOB Willst's mir verbieten?

CHARLOTTE Steck's dir wohin! Glaubst wohl, ich steh mir die Beine in den Arsch, bis der so ausschaut wie die Kakteen neben dem Highway?

JACOB Nix denk ich. Nix.

ELLA Kondenswasser tropft von der Decke, neben der Türe am Eingang. Scheppernd sammelt es sich in einem Blecheimer. Die Musik aus dem Radio ist dagegen die reinste Wohltat. Mullroy dreht seinen mächtigen Kopf, auf dem strohiges Haar sprießt, zur

Seite und lauscht dem neuen Geräusch. Dabei liegt seine fleischige Nase eine Handbreit über der rechten Schulter. Weiter nach hinten kann er sich nicht eindrehen, denkt sie amüsiert. Dazu müsste er seine Griffel vom Whiskeyglas nehmen. Um jenes liegen seine Hände wie Eierwärmer und umschließen es ganz von den Seiten. Es macht ihr Vergnügen mit anzusehen, dass ihn das neue Geräusch zwar beunruhigt, er aber nicht in der Lage ist, es zu orten. Im Profil wirkt sein Schädel mit dem ausrasierten Nacken noch brutaler als von vorne. Peach blickt ins Spülbecken auf ihre schlanken Finger, die sich im gekräuselten Wasser biegen, kürzer und länger werden, ganz so, wie der Zufall es will. Sie ist noch in diesen Gedanken versunken, als er vorschnellt und sagt - *zu Jacob, fordernd.*

JACOB *überrumpelt, überlegt, zu Charlotte* - Ähm - Heirate! -

CHARLOTTE Herr Jesus Christus!

JACOB Der soll vergeben sein. Wie wär's mit was Weltlichem?

CHARLOTTE Frank?

JACOB Du weißt, wie ich's meine. Frank ist ein Egoshooter, ein verdammter Freak.

CHARLOTTE Und wenn ich mich - sagen wir - mit niemandem zufriedengebe? Was ist dann? Was meinst du?

JACOB Die Zeit läuft nicht rückwärts.

CHARLOTTE Ich kann noch jeden kriegen, merk dir das.

JACOB Sie rennt dir langsam davon.

CHARLOTTE Du brabbelst wie ne Mutter. Verwaltest wohl irgend son geheimes Zeitkonto, hm?

JACOB Als der Laden was abgeworfen hat, hättest du ihn verkaufen sollen. War ziemlich dumm von dir, damals. Den Schlamassel hast du ewig an der Backe.

CHARLOTTE Schau an, und von was hätte ich leben sollen? Von der Hand in den Mund, he? Ich hätte für euch Pisser wohl gleich die Beine breit machen sollen?

JACOB Redest jetzt nicht von mir?

CHARLOTTE Ihr Pisser seid alle gleich! -

ELLA *energisch als Erzählerin dazwischen* - Sagt Peach, und ihr Kopf glüht in der Farbe von roten Chilischoten. Mullroy schwingt sich träge vom Hocker hinab und geht zu den Spielautomaten hinüber. Vor dem mittleren der drei baut er sich auf, als fordere der ihn zum Duell. Hinter ihm hört man das Zerkauen von Fingernägeln. Peach kaute immer an ihren Nägeln, wenn sie aufgebracht war. Dass sie noch etwas zu kauen hatte, sagt ihm, dass sie lange nicht mehr wütend war. Es gefällt ihm, wie sie sich die pechschwarzen Indiansträhnen aus dem verschwitzten Gesicht wirft und ihr knabenhafter, sehniger Körper vor Erregung bebt. Das wohlige Gefühl der Geilheit durchströmt seine Gefäße und lässt sie beinahe zerplatzen. Deshalb bereitet es ihm einige Mühe sich vorzustellen, wie Peach noch in zwanzig Jahren hier draußen stehen und ranzige Donuts verkaufen sollte. Er denkt an die pockennarbige Haut der Kakteen entlang des Highways. Er denkt an ihren kleinen Arsch.

CHARLOTTE *zu Jacob* Von Frauen versteht ihr Pisser so viel wie von Pinguinen -

ELLA *dazwischen* - Sagt Peach, am Ende ihrer Fingernägel angekommen -

JACOB *zu Charlotte* Verwechselst du nicht was?

CHARLOTTE Was war denn mit der Kleinen unten in Las Cruces?

JACOB War ne Nutte.

CHARLOTTE Jetzt komm, wo's stinkt, hängt ihr doch gerne euer Ding rein. Weißt du, was mir der Officer erzählt hat?

JACOB Mach halt.

CHARLOTTE Das Schwein hat sie an ihren Eingeweiden aufgehängt. So! Siehst du? *Sie macht es vor. Jacob schaut weg.*

ELLA Der da! *Zeigt anklagend auf Jacob.* Der da! Der schaut nicht hin, als Peach die Strangulation simuliert und das Gesicht zur Grimasse verzieht! Aus gutem Grund wohl.

CHARLOTTE Davor hat er sie durchs Haus geprügelt. Bis zur Dachkammer rauf. Dort hat er sie dann genommen. Erst normal, dann mit allem möglichen Unrat, der halt so rumlag. Von hinten zuletzt, auch als nichts mehr da war, mit dem man sie hätte stopfen können. Aber da kam nur noch das Blut aus den Löchern geschossen. Sie wird es nicht mehr gespürt haben, meinte der Officer, jedenfalls hält das kein Mensch aus, ohne das Bewusstsein zu verlieren. Hoffentlich. Er hat sie genommen wie in diesen billigen Filmen. Bahnhofskino, dritte Liga. *Zu Jacob, insinuierend* Du kennst doch diese billigen Filme?

JACOB Weiß nicht. Gibt so viele.

CHARLOTTE Red kein Zeugs. Du wirst ja rot im Gesicht.

JACOB Nee, wirklich, ich kenn die nicht.

CHARLOTTE Weißt du, woran ich's erkenne?

JACOB Sag's.

CHARLOTTE An ihren Köpfen. An der Haltung des Kopfes, und an den Blicken, den ausweichenden. Alle blicken sie auf den Boden, wenn sie aus der Vorstellung treten, nicht schamhaft, mehr so verdruckst, nach vorn gebeugt halt-

JACOB *dazwischen* - mit getrocknetem Speichel im Mundwinkel -

CHARLOTTE - Wie nach einer Andacht oder einer Prozession, bäh. Und alle ziehen sie einen Tick zu hastig von dannen. Erfüllt noch von dieser inneren Unruhe, hoppla, diese Eile ist verräterisch. Das macht sie verdächtig.

JACOB Du warst bei der Kleinen in Las Cruces?

CHARLOTTE Ich hab sie gesehen, na klar. *Schluckt.* Anschließend hat er sie aufgemacht, von unten her bis zum Hals, rrrrrrrrratsch!, einfach aufgemacht, kannst du dir das vorstellen? Geht ziemlich schnell, sagt der Officer, wenn die Klinge nur ordentlich scharf ist und dabei nicht auf Knochen, Knorpel oder festes Gewebe stößt. *Geht zu Jacob, greift dem in den Schritt.* Ist sie stumpf, dauert es naturgemäß länger, und es macht ein Geräusch wie von einem Reißverschluss. *Schließt den Reißverschluss von Jacobs Hose.* Mein Gott! Er hat sie ausgenommen wie einen Fisch, das Schwein!

ELLA *ergriffen* Ihr Blick wirkt flach und leer. Peach bringt gerade noch die linke Hand an den Tresen, auf den sie sich stützt, die andere presst sie sich vor Ekel vor den Mund, während sie sich angewidert von Mullroy abwendet. Der steht wie angewurzelt im Raum und schweigt. Zwar findet er diese Grabesstille unangemessen und beinahe unerträglich, dennoch schweigt er, weil er glaubt, es bringe ihm Sicherheit. Im Radio läuft gerade ein Hörspiel. Zu erleben ist der Absturz eines Flugzeugs. Die Maschine fällt nicht sofort vom Himmel, sondern trudelt, scheinbar aus großer Höhe kommend, noch einige Minuten in der Luft. Aus dem Rumpf hört man die Passagiere miteinander reden. Sie sprechen über den Tod, ruhig, mit leichten Stimmen, während ande- re, Männer und Frauen, die sich zusammengehörig fühlen, sich ein letztes Mal lieben. Am Ende hört man ein Krachen, dann minutenlanges Rauschen, und danach die Stimme von Brian Williams, dem Sprecher von NBC News. Während der Nachrichten wandert Mullroy rüber zur Toilette, bleibt an der Tür stehen -

JACOB *mit an die Wand gedrückter Stirn. Ist offen? -*
ELLA *- fragt er sie, so leise es eben geht. Peach nickt.*
Sie geht nach hinten zu Charlotte, die wieder gefasst wirkt. Händchen haltend kommen sie nach vorne, Charlotte sehr konzentriert.
CHARLOTTE An der Tankstelle steht ein Chevy. Drinnen sitzen ein fetter Mann mit seiner fetten Familie und hinten auf der Hutablage ein kleiner, fetter Hund, der bellt. Ungeduldig drückt der Mann die Hupe auf dem weißen Lenkradkranz nieder. Pe- ach geht gleich hinter das Auto, kippt das winzige Tanktürchen zur Seite und hängt den Stutzen ins wulstige Blech. Von Süden kommt ein Fahrzeug den Highway hochgefahren. Obwohl es noch sehr weit entfernt ist, kann sie erahnen, wer es ist. Hey Mull!,

ruft sie nach drinnen und vergisst einen Moment, dass sie ihm böse ist. Hey Mull, da kommt Pearson! Der fette Mann gibt ihr das Geld und braust davon. Sie fächert sich mit den Scheinen Luft, den Blick erwartungshungrig auf den Neuankömmling gerichtet. Die Chromteile des Lasters spiegeln die Sonne, eine Staubwolke umgibt den funkelnden Punkt, der jetzt unter imponierendem Schnauben und Röcheln auf der Haltespur zum Stehen kommt. The-day-I-ate-a-dozen-eggs steht in breiten Lettern hinten auf der Plane des Hängers -

ELLA *dazwischen* - Das ist großartig, Kleines! The day I ate a dozen eggs! Ich hab's schon für die nächste Mottoparty gespeichert -

CHARLOTTE Jetzt aber klappt die Fahrertür auf, heraus springt ein riesiger Kerl in Shorts und Sneakers, dem ein verschwitztes Unterhemd um die Hüften herum spannt. Pearson geht in die Knie, weil er vom Asphalt unsanft aufgefangen wird, in dieser Haltung stopft er sich eine Pfote ins Maul und pfeift einen eigenartigen Ton, zu dem Peach vergnügt quietscht -

AIDEN - Altes Mädchen! ruft er ihr zu und breitet seine Arme aus wie die Kondore in den Bergen ihre mächtigen Schwingen, wenn die Hitze ihnen lästig im Gefieder sitzt. Endlich daheim!

CHARLOTTE Noch auf der Fahrbahn umarmen

sie sich -

AIDEN - Verflucht Mull, altes Scheißhaus. *Er tritt an Jacob heran.* Hast verdammtes Schwein, dass die Scheißhitze den Scheißdiesel so gut konserviert. Weiter oben wäre nichts mehr an ihm dran - Die Reifen vielleicht -

CHARLOTTE - Mullroy spuckt aus und schlägt ihm zur Begrüßung die Faust auf die Brust. Der revanchiert sich mit zwei angedeuteten rechten Kinnhaken und einer linken Geraden -

JACOB - Warst lange fort, Lucy, sagt Mullroy zu Pearson -

CHARLOTTE - denn Lucy ist Pearsons Spitzname -

AIDEN - der jetzt nickt und ein lakonisches *Yeah* nachschiebt -

CHARLOTTE Die drei gehen hinein, Peach an Pearson gelehnt, der von ihnen wirklich der Größte ist.

AIDEN *sauer. Denn er hat zufällig bemerkt, dass Jacob hinter seinem Rücken an seinem Smartphone herumspielt und sich für ein etwaiges Gespräch zurückziehen will.* Das widerspricht jetzt unserem Kodex! *Er will Jacob das Gerät entreißen, was Ella durch energisches Dazwischengehen zu verhindern weiß. Dennoch kommen sich die Männer gefährlich nahe.*

ELLA *zu Aiden* Komm, lass gut sein -

AIDEN *zeigt abgestoßen auf Jacob.* - Der da, nix hat der kapiert -

JACOB Was denn? *Sie* haben doch einen Vertrag mit Herrn Faraday. Wer ist das überhaupt? Sitzt der in der Börsenaufsicht? Warum kenne ich den nicht? -

AIDEN - Die Fresse werd ich dir polieren -

JACOB - Ach ja, sind wir schon beim Du? Gehört die Kumpanei etwa auch zu Ihrem Kodex? Selbst wenn ich ihn nie unterzeichnet habe, so erkläre ich hier feierlich den Vertrag für Verhaltensregeln in feststeckenden Lastenaufzügen für null und nichtig. Und jetzt lassen Sie mich in Frieden. Irgendwo da draußen sitzt nämlich mein Broker und wartet auf meinen Anruf.

AIDEN Machen Sie sich nichts vor, kein Piep wird inmitten dieser Betonwände nach draußen dringen. Sie wissen sicher, in welch düstere Fratze sie blicken werden, bevor ihnen auf ewig schwarz vor Augen wird. *Deutet sich ins Gesicht, verfolgt vergnügt, wie Jacob anschließend nervös auf seinem Smartphone herumtippt und es über seinem Kopf an sämtlichen Wänden des Aufzugs spazieren führt.* Vergessen Sie's, Mann. Lassen Sie die Stop-Loss-Order für sich arbeiten, die haben Sie doch eingesetzt? -

JACOB *starrt fassungslos auf das Display.* - Tot. Das Display. Alles. Ich versteh jetzt nicht, dass der Kerl -

AIDEN - Also kein Stop-Loss -

CHARLOTTE *verunsichert* - Kann mir mal jemand erklären, was hier los ist?

AIDEN Eine Risikoschranke, liebste Charlotte. Der Broker hat die Anweisung zu verkaufen, wenn der Vermögenswert ein bestimmtes Niveau unterschreitet. Leider hat unser Freund hier vergessen, den Notfallschirm zu packen.

CHARLOTTE *zu Jacob* Hast du mir nicht versprochen, mit diesen Sachen aufzuhören - mit - mit diesen windigen Geschäften? -

JACOB Charlotte, bitte -

AIDEN Da für die nächsten Tage nicht zu erwarten ist, dass er von hier den Auftrag erhält, zu verkaufen, befürchte ich, dass der Zug nicht mehr aufzuhalten ist. Ein schlechter Deal, den Sie da gemacht haben, Jacob -

JACOB *genervt* - Den Kopf werde ich dir abreißen! -

ELLA *wendet sich Charlotte zu.* Armes Kleines -

AIDEN - Der Broker macht erst Kasse, wenn die Notierungen in den Keller rauschen. Das ist das Prinzip. Das Prinzip Hoffnung. Investiere nur in Dinge, die du verstehst, sag ich immer. Derivate, Zertifikate, Swaps, gerne! Aber nur in Rohstoffe, kapiert? Gold, Öl, solche Sachen. Vielleicht auch in Devisen. Dollar, Pfund, aber nur auf Sicht! Und keine Hebel, keine Futures, keine Forwards. -

CHARLOTTE - Mir egal. Ist sein Geld.

JACOB Setzen Sie auf die machtgierigen Tech-Giganten, hat er noch gesagt.

AIDEN Sagen die alle.

JACOB Auf diese irren Marihuana-Stocks und unsere ewigen Softwarehelden. *Fällt inbrünstig intonierend in Bruce Springsteens Song ein* Born in the U.S.A. / I was born in the U.S.A. *Normal weiter* Vertrauen Sie dem heimischen Markt! Das hat er gesagt.

AIDEN *zu Jacob* Ich baue auf China. Ein robuster Markt. Alles auf eine Karte, verstehen Sie? Konsumgüter, Welthandel -

JACOB - aber Elon Musk -

AIDEN - will auf den Mars. Der verdient sich gerade ne goldene Nase an dem Impfstoff gegen die Pandemie. Glauben Sie, der will uns E-Autos verkaufen, um die Welt zu retten? Der will weg, weil er den Planeten abgeschrieben hat, so läuft der Hase. Ein Autobauer, der auf den Mars will, hören Sie, Mann, machen Sie sich nicht unglücklich! Er könnte auch Schuhe verkaufen. Oder Jelly Beans am Harald Square.

JACOB Vertrauen Sie den Ikonen der Alltagskultur, das hat er gesagt.

AIDEN Musk ist Südafrikaner. Wo kommt eigentlich Ihr Broker her, wenn er Ihnen solche Ammenmärchen erzählt?

JACOB Getanzt haben wir, auf sämtlichen Partys -

AIDEN - Yep, und immer mit den falschen Bräuten. Washington ist zu einer kriminellen Schlangengrube verkommen, Staatsschulden in Billionenhöhe.

JACOB Rauschende Feste. Die Wall Street hatte glasige Augen.

CHARLOTTE *tut gleichgültig* Dein Geld.

AIDEN Dreimal so viele Studenten, viermal so viele Mobilfunknutzer. Im fernen Osten liegt die Zukunft. *Er zieht Ella zu sich, nimmt sie in den Arm. Zu Jacob* Sie sehen, als planende Volkswirtschaft hat uns das Reich der Mitte überzeugt.

ELLA Ach, Aiden, du bist so stark! Du bist so verflucht stark. Sag, war mein Verhalten vorhin angemessen? Ich würde es jedenfalls als unverhältnismäßig bezeichnen, was eine milde Bestrafung durchaus rechtfertigen würde.

CHARLOTTE *zu Jacob* Was ist eigentlich aus deinen Schiffsfonds geworden? Oder aus dieser cleveren Hollywood-Geschichte?

JACOB *verunsichert, zögerlich* Filme -

AIDEN *ergänzt genüsslich* - die niemand sehen will.

JACOB Containerriesen -

AIDEN - die in der Finanzkrise nichts zu transportieren haben und gleich ganz in den Häfen bleiben?

JACOB *fühlt sich vorgeführt.* Vergessen Sie bitte nicht die Windmühlen, deren Rotoren nur laue Lüftchen entfachen und - und diese - diese Solaranlagen, die die Sonne nur für wenige Stunden am Tag sehen. Okay, ich hab nen Fehler gemacht. Aber wer von euch ohne Sünde ist, der werfe den ersten Stein.

CHARLOTTE *zeigt auf Jacob, der ihren Blicken mit hängenden Schultern ausweicht.* Der da, der hat nichts kapiert.

AIDEN Der Schock. Langsam wird ihm gewahr, dass die Titanic den Eisberg gerammt hat und Michael Faraday genüsslich die Schlaufe zuzieht. Ich werde deswegen kein Spendenkonto einrichten. *Zu Charlotte* Den Samariter will ich Ihnen nicht vorgaukeln.

JACOB Charlotte?

CHARLOTTE Ich will nichts hören. Es ist dein Geld.

JACOB Wir müssen reden.

AIDEN *zieht Ella näher an sich heran, leise* Pass auf, jetzt wird's spannend.

JACOB Ich glaub, ich hab Scheiß gebaut.

CHARLOTTE Sei still, ich will's nicht hören. *Hält sich die Ohren zu.* Ich will's nicht.

JACOB Es ist wegen dem Haus, ähm, also ich hab es -

CHARLOTTE Mein Haus!

JACOB Ganz recht - also - die Bank wollte diese Sicherheiten, wegen dem Broker - und da -

Charlotte summt den Kinderchor-Refrain von „Sing", dem Song der Carpenters.

JACOB - da hab ich ihnen dieses Papier unterschrieben, in deinem Namen natürlich auch - im gegenseitigen Einverständnis gewissermaßen -

ELLA Mensch, hat der ne Traute. Der Broker wird das Haus seiner Frau schon zum ukrainischen Puff aufgeblasen haben, und was macht der? Heuchelt Vergebung.

AIDEN Der Kerl ist ein größeres Schwein, als ich dachte. *Zu Jacob* He, du! Ja du, weißt du, was du bist? Ein Sau bist du. Eine richtige Drecksau.

Charlotte läuft jetzt wie eine ungezogene Göre im Kreis. Hält sich die Ohren zu. Jacob wirft sich vor sie auf die Knie und versucht, ihr ziemlich tölpisch hinterher zu robben. Dabei betet er eine Litanei der wichtigsten US-amerikanischen Aktienunternehmen in alphabetischer Reihenfolge herunter.

JACOB Amazon, American Express, Apple, Boing, Caterpillar, Chevron, Cisco Systems -

CHARLOTTE *immer noch mit zugehaltenen Ohren, stimmt nun gesanglich in den Carpenters-Refrain ein, erst leise* - Lalalalala - Lalalalalala - Lalalalalalala -

JACOB *einflechtend* - Coca-Cola, Exxon Mobile, Ford, General Electric, Goldman Sachs, IBM, Intel -

CHARLOTTE *singend* - Sing - Sing a song - Let the world -

JACOB - Johnson & Johnson, JP Morgan Chase, McDonald's, Merck, Microsoft -

CHARLOTTE *lauter* - Sing out loud - Sing of love

there, could be - Sing for you and for me -

JACOB *lauter* - Nike, Pfizer, Procter & Gamble, United Technologies, Verizon, Visa, Wal Mart, Walt Disney -

CHARLOTTE *bellt den Chorgesang jetzt offenherzig heraus, dazu katzbuckelt Jacob zu ihren Füßen* - Lalal-alala - Lalalalalala- Lalalalalalala -

ELLA *tritt nach vorne, zwischen einen schluchzenden Jacob und eine gerade in sich zusammensackende Charlotte.* Im Lunchroom liegt der Geruch fauler Äpfel. An den gekalkten Wänden kleben kleine, braune Fliegen, die alles vollscheißen, wonach ihnen ist. Oder miteinander ficken. Oder leblos zu Boden fallen, wenn die Zeit sie totschlägt. Dann und wann kehrt Peach die leblosen Insekten nach draußen, wo sich die meisten von ihnen erholen und alles von vorne beginnt. Die Männer sitzen an einem der Tische nach hinten hinaus, unter dem großen Fenster, hinter dem die Hitze nervös vor dem Panorama der ockerfarbenen Gebirgskette flirrt und alle Spuren von Weite verwischt. Mullroy vertreibt sich die Langeweile mit Würfelspielen.

AIDEN Peach meint, wir bekommen Regen, sagt er.

ELLA Pearson nickt zustimmend, kurz und vornübergebeugt, zwischen zwei Gabeln Speckbohnen.

AIDEN Wird wieder einmal mächtig danebenliegen, unser Täubchen, schiebt Mullroy nach.

ELLA *streicht Charlotte über die Haare.* Sie sitzt über der Zeitung vom Vortag, an einem der flachen Tische neben der Bar. Hinter ihrem Rücken spürt sie Mullroys begehrlichen Blick, das widerliches Grinsen, das quer über sein flächiges Gesicht promeniert.

Sie und die anderen starren erwartungsvoll zu Jacob, der sich noch sammeln muss.

JACOB *verunsichert* Wer - wer weiß, sagt Pearson, der fertig ist, den leeren Teller zur Seite schiebt und sich einen kleinen Rest Brot in den Mund. Wer weiß, sagt er noch einmal und spült mit einem Schluck Wasser nach, der ihm gut zur Hälfte über die Wangen aufs Unterhemd patscht -

ELLA - Jetzt sieht man gut, wie er zu seinem Spitznamen Lucy gekommen war, was der Abkürzungen von Lucifer entspricht. Den bekam er, weil seine linke Hand, der Ring- und Mittelfinger fehlten, eine gewisse Ähnlichkeit mit dem leibhaftigen Bösen aufweisen soll. Dazu müsste man die deformierte Pranke freilich aus einer bestimmten Richtung beschauen und beim Betrachter ein beträchtliches Maß an Fantasie zugrunde legen. Obwohl der körperliche Makel manch Kummer beschert - zuweilen fallen Pearson schwere und sperrige Gegenstände einfach aus der Hand, weil die Kraft der verbliebenen Finger nicht ausreicht, sie zu halten - verleiht dieses

Handicap seinen tapsigen Bewegungen beim Greifen von Messern oder Tassen eine beinahe höfische Eleganz. Zu verdanken hat Pearson das letztlich der Ehe mit einer Kolumbianerin vor mehr als sechzehn Jahren. An seinem ersten Arbeitsplatz, in einer Fabrik, die Stanzteile für die großen Automobilwerke um Detroit herum lieferte, verhakte sich der Trauring am Mitnehmerbolzen einer Abkantmaschine so unglücklich, dass es die gesamte Hand geradewegs unter die Guillotine zog -

CHARLOTTE, AIDEN und JACOB *chorisch dazwischen* - Uuuuuuuuuh -

ELLA - Außer den beiden Fingern verlor er den Job, seine Frau, den Glauben an Jesus Christus, und, nach einigem juristischen Hin und Her, das Sorgerecht für die gemeinsame Tochter -

CHARLOTTE, AIDEN und JACOB *chorisch dazwischen* - Ooooooooooh -

ELLA - Seit dieser Zeit war er nun Fernfahrer. Wo immer er auftaucht, pfeift er augenblicklich jenen seltsamen Ton auf seiner Teufelspranke. Peach mag Pearson, der ein Mann um die fünfzig sein mochte. Sie kennt ihn, so lange sie zurückdenken kann. Zumindest erinnert sie sich lebhaft an die Zeit, als sie noch sehr klein war und die Tankstelle mit dem Restaurant ihrer Tante Helen gehörte, die sie auch großzog und der sie das Schlamassel, wie Mullroy es nennt, zu verdanken hatte. Eigentlich war Helen nicht ihre richtige Tante, und sie hieß auch nicht Helen, sondern Eliza. Miss Eliza Flagg. Aber Peach nannte die Frau mit dem großen Herzen lieber nach dem Namen auf einer verwitterten Holzplanke, die sie beim Spielen hinten bei der Schmiede aus dem Sand buddelte, und die zu dem Schiff gehören sollte, auf dem die irischen Siedler einst die Küste der Neuen Welt erspähten.

Charlotte, Aiden und Jacob klatschen anerkennend Beifall, nicken Ella zu. Vereinzelte Bravorufe. Dann Ruhe.

ELLA Wann immer Pearson hier vorbeikam - stets half er der alten Frau in ihren letzten Jahren bei groben Arbeiten und verlangte selten mehr als eine Bleibe für die Nacht und ein kräftiges Frühstück. Peach erinnert sich daran, wie er ihr einmal einen Hut mitbrachte. Einen sehr breitkrempigen Ömmel. Für was der denn gut sei, hatte sie seinerzeit wissen wollen. Nun, damit schmücken sich jetzt die feinen Damen in Jersey, hatte er gesagt. Aber sie hat das nie ganz verstanden mit dieser Kultiviertheit, weil der Oschi ihr doch jahrelang viel zu groß war und sie ihn bis über die Nasenspitze runterziehen konnte. Noch heute hängt er über ihrem Bett. Manchmal nimmt sie ihn von der Wand, wenn sie allein ist, setzt ihn sich auf und betrachtet sich im Spiegel in den verrücktesten Posen, die ihr einfallen.

CHARLOTTE, AIDEN und JACOB *chorisch dazwischen* - Aaaaaaaaah - *Erneut Beifall.*

ELLA Der lederne Würfelbecher kracht zum millionsten Mal auf den Tisch nieder und gibt sein profanes Geheimnis preis.

JACOB Ich wär schon längst meschugge, sagt Pearson, der Mullroy eine Zeit lang zugesehen hatte.

AIDEN Wartest auch nicht seit einer Woche auf Ladung, erwidert Mullroy gereizt. Himmel, was kann ich dafür, wenn alle Welt das Coronavirus ausschwitzt? Bin ich etwa der Scheißkerl-Präsident?

JACOB Lass dich nicht aus der Ruhe bringen, sagt Pearson, erhebt sich und blinzelt Peach zu, die das Ganze amüsiert verfolgt. Mullroy hat sich längst nicht beruhigt, aber bevor der zu einem schneidenden Kommentar ansetzen kann, unterbricht sie ihn lieber selbstbewusst mit einem -

CHARLOTTE *dazwischen* - Halt mal die Luft an!

ELLA Jetzt steht ein Mann in der Türe. Sein schwarzer Schattenriss hat sich vor das gleißende Licht der Wüste geschoben. Keiner der drei hatte ihn bisher bemerkt oder hätte zu sagen vermocht, wie lange er dort regungslos verharrte.

CHARLOTTE Kann ich etwas für Sie tun?, fragt Peach zögernd.

ELLA Der Mann geht sogleich zu dem Tisch, an

dem sie eben noch saß, bleibt davor stehen. Seine Kleidung besteht aus einer Jeans, einem wallenden khakifarbenem Hemd und einer Weste darüber. Alles wirkt abgetragen, speckig und flattert erbärmlich um seinen spindeldürren Körper. Die Hände sind tief im jeweils anderen Ärmel seines Hemdes vergraben, sodass man sie nicht sehen kann.

CHARLOTTE Vielleicht - vielleicht wollen Sie etwas trinken, sagt sie. Mehr aus Mitleid wohl. Oder um das Schweigen zu durchbrechen. Eine Limonade?

ELLA Der Mann blickt sie an. Er nickt. Peach geht erleichtert hinter die Theke und tut, was er ihr aufgetragen. Die Augen des Mannes, die wie geschliffene Kieselsteine tief inmitten seines knochigen Schädels stecken, registrieren jede ihrer Bewegungen. Sie stellt das Glas mit der Brause vor ihm auf den Tisch, gewaltig bemüht, nichts zu verschütten. Der Mann tritt nun einen Schritt nach hinten, hebt in einer mechanischen und kaum zu ihm passenden Bewegung den Kopf nach oben und starrt zur Decke, die seit geraumer Zeit ein breiter Riss diagonal in zwei Hälften trennt. Über die gesamte Länge liegt der Unterputz frei, brüchig und porös, und mancherorts lassen sich in den faustgroßen Kratern schon die Dielenbretter erahnen, die nur einen fingerbreit darunter liegen mochten. Der Mann nimmt die rechte Hand aus dem Ärmel und bekreuzigt sich. Dann stakt er grußlos nach draußen. *Ella streicht an Aiden und Jacob vorbei, behutsam darauf bedacht, sie nicht zu berühren.* Mullroy und Pearson glotzen sich an. Sie sehen das dämliche Gesicht des jeweils anderen. *Sie geht weiter zu Charlotte, legt der mütterlich einen Arm um die Hüfte.* Peach steht hinter der Theke, neben den Gläsern mit Marshmallows und Zitronendrops, unfähig zu irgendeiner Empfindung.

AIDEN Der hat uns nicht mal bemerkt, sagt Mullroy in die Ruhe hinein

JACOB Seltsam, sagt Pearson, was der für Augen hatte.

AIDEN Und nur für Peach. *Geht zu Charlotte, spricht sie an.* Glaubst du, das hat was zu bedeuten?

CHARLOTTE Klar, wenn ihr Typen was nicht kapiert, dann hat plötzlich alles was zu bedeuten.

AIDEN Ist wahrscheinlich von einer dieser Sekten. Westküste. Die schießen dort wie Pilze aus dem Boden. Skurrile Wesen, sag ich euch. Hab mal gehört, die würden aus religiösen Gründen jede Arbeit verweigern.

JACOB *zu Aiden* Hast du seine Füße gesehen?

AIDEN Sollte ich?

JACOB Dann wär dir aufgefallen, was für ne Hornhaut der an den Sohlen hatte. Richtig grobe Stollen, Mann. Der braucht keine Schuhe mehr. Im ganzen

Leben nicht.

AIDEN Bullshit, was du da sagst. Der Asphalt kocht! Da kann kein Mensch drüber. Kein normaler jedenfalls.

JACOB Quatsch nicht, ich hab keinen Motor gehört. Und mit nem Fahrrad? Bei fünfzig Grad?

AIDEN Weiß nicht, was ich gehört hab. Aber wenn ihr euren Spaß haben wollt, gerne. Ich glaub, ich mach mal die Augen zu. Gute Nacht.

JACOB *zu Charlotte* Hast du nen Motor gehört, Peach?

CHARLOTTE Natürlich kam er zu Fuß -

ELLA *dazwischen* - sagt sie, als verstehe sie die Aufregung nicht -

CHARLOTTE - Hab ihn schließlich noch ein Stück den Highway raufgehen sehen -

ELLA *dazwischen* - lügt sie und deutet diffus Richtung Norden. Mullroys Stuhl kippt krachend zu Boden. Er selbst ist aufgesprungen, als hätte ihn etwas Missgestaltetes gestochen, und dann ist er nach draußen gewetzt. Sie hören ihn rufen.

AIDEN *leise rufend* Dann müsste er aber noch irgendwo sein! Verdammte Scheiße! Wo ist der Kerl?

ELLA *ungehalten, zappelig* Peach und Pearson sind schon bei ihm, als Mullroy wie ein gehetztes Tier auf dem Highway umherirrt und wie ein Besessener in alle Richtungen blickt. Der Schweiß läuft in Bächen an ihm in runter.

AIDEN Er - er kann sich doch nicht in Luft auf-gelöst haben! Das gibt es doch nur im Kino, in - in diesen Filmen von Jack Arnold!

ELLA In Mullroys Augen sieht man das Blut ge-platzter Äderchen.

JACOB *hat erkannt, wie Ella sich in ihrer Rolle auf-gerieben hat. Schlüpft jetzt in deren Erzählperspektive.* Tatsächlich ist niemand hier draußen zu sehen. Nur ein Fahrzeug kommt gerade den Highway hinaufge-fahren. Es ist ein alter, bonbonfarbener Buick, der rund dreißig Yards vor der Tankstelle stoppt. Ein Mann steigt an der Beifahrerseite aus, bespricht noch etwas mit dem Fahrer, schultert dann eine olivgrüne Fliegertasche und kommt näher. Es ist Frank. Peach läuft ihm entgegen. Ach was - richtig Fersengeld gibt die! *Während Jacob redet, ergreift Ella die Chance und tritt in der Rolle des Frank an Charlotte heran.* Der Buick wendet noch auf der Fahrbahn und fährt in die Richtung, aus der er kam. Frank schmeißt die Tasche in den Staub, packt Peach an der schmalen Taille und zieht sie zu sich hoch, bis dass ihre und seine Augen auf gleicher Höhe liegen. *Charlotte und Ella jetzt dicht beieinander, schauen sich tief in die Au-gen. Angewidert und sehnsüchtig zugleich.*

CHARLOTTE Lässt dich also wieder blicken, du Schuft! -

JACOB - sagt Peach -

ELLA - Ja -

JACOB - sagt Frank, und dann küssen sie sich sehr lange. *Charlotte und Ella küssen sich.* Als sie fertig sind, schaut er - *Bricht ab, weil sich Charlotte und Ella noch immer innig küssen, worauf nun Aiden eifersüchtig und energisch Ella von Charlotte wegreißt.*

AIDEN Hey!

JACOB *weiter* Als sie fertig sind, schaut Frank an Peachs Gesicht vorbei zu Mullroy und Pearson, die wie zwei große ungezogene Kinder in der Nähe der Zapfsäule nach einer rostigen Dose kicken.

ELLA Bleiben die länger?

CHARLOTTE Kommt drauf an.

JACOB Franks Raubtieraugen funkeln. Sie hält es für ein gutes Zeichen, wenn er eifersüchtig ist.

CHARLOTTE *zu Ella* Kam euch auf der Fahrt hierher jemand entgegen? Zu Fuß vielleicht?

ELLA Zu Fuß? Nein. Warum?

CHARLOTTE Nur so.

ELLA Komm mal runter -

JACOB - sagt Frank, und dann steckt er wieder seine Zunge in ihren Hals, ganz tief, bis sie schmilzt. *Charlotte und Ella küssen sich neuerlich, in herzlicher Umarmung, was Aiden nicht sehen kann, weil er die Geschichte im Vordergrund konzentriert weiterstricken mag.*

AIDEN Die Sonne hängt wie eine reife Orange über der Sakramento-Bergkette im Westen. Frank döst im Schaukelstuhl auf der Veranda. Seine Füße stecken in speckigen Stiefeln weit ausgestreckt auf der Brüstung. Der Spielautomat sendet monotone Melodiekaskaden nach draußen, die ihn schläfrig machen. Mullroy sitzt den guten halben Tag vor dem Groschengrab und drückt eine Münze nach der anderen durch den engen Spalt. Pearson lehnt am Türrahmen und kneift die Augen gegen die tiefstehende Sonne zusammen. Dabei schaut er Peach zu, wie die das Wasser aus dem Brunnen vor der Schmiede in die Eimer schöpft und sich müht, sie nach hinten zu schleppen zu den Tieren. Du Frank, ruft Mullroy vom Automaten nach draußen, hat Peach dir schon von der glänzenden Idee erzählt, aus dem Restaurant einen Stripclub zu machen? Mit einer Metallstange im Zentrum, und mit Mädchen, die sich Annuschka, Radost und Luna nennen. Prima Entschluss, was denkst du, Frank? Doch Frank schweigt, schlägt an seinem Hals eine Fliege zu Brei. Dabei verrutscht ihm der Hut, den er sich vors Gesicht geschoben hatte und den er erneut sorgsam zentrieren muss. Pearson klappt sich eine Virginia zwischen die Lippen. Seine Augen sind zwei Rasierklingen, als er daran zieht. Nehm es ihm nicht übel, sagt er zu Frank, er hat kein Benehmen. Und ein Lügner ist er auch. *Als Aiden be-*

merkt, dass Charlotte und Ella sich noch unablässig in intimer Zweisamkeit küssen, geht er nach hinten, zerrt Ella von ihrer neuen Liebe weg und schubst sie unsanft-krachend gegen die Kabinenwand. Liebestrunken und etwas beschämt torkelt Ella daraufhin zwischen den dreien umher, wischt sich Speichel und Lippenstiftreste aus dem Gesicht, während Aiden weiterredet. Sie kommt die Treppe hoch und geht müde an ihnen vorbei nach drinnen. Ein ansehnliches Bündel Holzscheite hat sie sich auf ihre sehnigen Arme gepackt. Kurz schaut ihr Pearson über die Schulter nach. Ob er nicht Lust habe, sie zu heiraten, fragt er Frank. Doch der stellt sich schlafend.

ELLA *unkonzentriert, intervenierend.* Ich glaub - ich glaub, ich brauch ne Pause. Die Hormone. Die fehlenden. Kein klarer Gedanke. Nirgendwo. Wo ist eigentlich der ganze Sauerstoff hin? Hat es den schon erwischt? Kann hier mal jemand durchlüften?

AIDEN *witzelnd* Geh ma vor die Tür, aber -

ELLA *dazwischen* - Arschloch! -

AIDEN - fall nicht in den Schacht. Das überlebst du nicht.

ELLA Ich überleb es nicht ohne Licht. Kein Licht, kein Leben. Oder will mir jemand diese Funzel als Lampe verkaufen? *Zeigt zur Decke.* Diese flackernde Röhre? Mein lurchartiger Körper produziert kaum noch Vitamin D, ogottogott. Wir sind ja im Grunde Geschöpfe der Fotosynthese. Bin mal gespannt, wann mir die ersten Zähne ausfallen. *Greift sich ins Haar.* Hier, dieses Stroh, das lässt sich auch nicht mehr auskämmen. Ich fühl mich langsam wie eines dieser Tiefseeungeheuer im - im - *sucht das Wort.*

JACOB *hilft* - Marianengraben -

ELLA Exakt, dort. Ich hab da kürzlich im Discovery Channel eine Dokumentation über diese Kreaturen gesehen, man glaubt es nicht, Bestien ohne Augen, dafür mit Mäulern groß wie Backöfen, und dann überall diese Haifischzähne. Scheusale mit phosphoreszierenden Quasten, so weit das Auge reicht. *Geheimnisvoll* Irgendwo dort unten - *Deutet nach unten.* - ganz tief dort unten funkelt es jetzt wie bei Macy's an Weihnachten.

AIDEN *genervt, gelangweilt* Ich schlag mal vor, wir machen weiter -

ELLA *harsch dazwischen* - Unterbrich mich nicht! Hörst du? Unterbrich mich nie wieder. Jetzt geht es ausnahmsweise mal um mich! Mir geht dieser Hype um diese Peach und ihre gesunde Indianerhaut schon lange auf die vertrockneten Eierstöcke. Ständig Knackpopos und sehnige Unterarme, ich fühl mich langsam wie das Opfer eines Komplotts. *Zu Aiden* Deine postkolonialen Gewissensbisse und dieses indigene Achtsamkeitsgesäusel, das sind in Wahrheit ja nur Symptome für einen verdrängten faschistoiden Minderwertigkeitskomplex. So, jetzt isses raus! Heiliger Bimbam, wie viele Juden willst du eigentlich noch retten? Zieh mir bloß nicht so eine Schnute! Du wirst sie doch schon aufgewogen haben? In Gedanken, mein ich. Drei mexikanische Flüchtlinge für einen deportierten Juden? Ist das die Maßeinheit, die du diesen Herrschaften aufzwingst? Ist das deine gottverdammte Gerechtigkeits-Formel? Warum darf hier eigentlich niemand erfahren, dass dein Vater ein Nazi war? Mmmh?

JACOB *zu Aiden* Stimmt das?

Aiden schweigt.

ELLA Riga. Wachmann. SS.

JACOB Jetzt bin ich baff.

Aiden schweigt.

ELLA Der hat nicht mal sein Totenkopf-Tattoo mit den gekreuzten Knochen verborgen. Immer Kurzarmhemden. Nicht mal geschämt hat der sich. Die haben alles totgeschlagen, was sich bewegt hat. In Lettland. Völlig kalt waren die. *Greift sich unvermittelt und mit schmerzverzerrtem Gesicht an den Unterleib.* Autsch, diese verdammten Eierstöcke, die entzünden sich immer, wenn ich in Wallung komme, okay, wenn ich ehrlich bin, sind es nur Stockschwämmchen, disharmonisch verwachsene Fruchtkörper, faulige und fettig glänzende Erinnerungen an die sexuelle Befreiung. *Zu Jacob* Jacob, ich bitte

Sie, werfen Sie mal einen Blick auf meine verunstalteten Handfesseln. *Zeigt ihm diese.*

JACOB *ironisch* Es sind exzellente Handfesseln, gnädige Frau.

ELLA *zieht die Hände zurück.* Machen Sie Witze? Oh nein, Sie sollten keine Witze machen. Nicht mit diesem Namen. *Spricht den Namen andachtsvoll aus* Jacob. Den haben ihre Eltern ihnen doch sicher als Erinnerung an die Shoa gegeben? Sie kommen doch aus Deutschland? So ein Balg irgendwelcher Holocaust-Überlebenden. Och nee, Sie wollen mir jetzt aber nicht weismachen, Sie seien bloß ein Wiedergutmachungsversuch frustrierter Hippie-Eltern? Diese Lehrerkinder glauben ja ständig, sie müssten die Revolution in die Städte tragen. Ich will gar nicht wissen, wer diese Corona-Seuche eingeschleppt hat. Diese Ökofaschisten waren früher mal fantasievoller. Wer hat diesen Salonbolschewisten eigentlich die Krematorien weggenommen? *Meint jetzt, eine Hautirritation entdeckt zu haben.* Hier, sehen Sie diese Pustel? Dieses unheilvolle Ding? Das ist die Mutter allen Übels. Der Keim des Bösen. Bald werde ich großflächig entstellt sein. So fängt es an. Nicht mit den Nieren, die sich ihre eigenen Blutgefäße zukneifen. Oder mit inneren Vergiftungen, die uns ins Koma befördern. Nein, wir krepieren im Schrapnellgewitter explodierender Eiterpusteln.

CHARLOTTE Ich glaub, mir ist schlecht.

JACOB Mir auch. Ich kotz gleich.

AIDEN *flehentlich, die Hände gen Himmel gefaltet.* Peach, du tapfere Kämpferin gegen die pandemische Neurodermitis, bitte erhöre uns! Lass uns niederknien vor deiner makellosen Pfirsichhaut. *Kniet nieder.* Wir huldigen dir als Lobbyistin der madagassischen Vanillebauern. Geheiligt sei dein Name als Schutzheilige der Friseurmeisterinnung und als Werbeikone der Pflegeproduktindustrie -

CHARLOTTE *trotzig dazwischen* - Aber Peach lässt sich - trotz ihrer optischen Reize - nicht reduzieren auf ihr Äußeres. Sie hat - *Überlegt.*

JACOB - Abitur -

CHARLOTTE - Und sie hat - *Überlegt.*

AIDEN - „Nora" gesehen. Im Theater.

JACOB Und gelesen. Fürs Abitur.

AIDEN Jetzt aber hadert sie mit Ibsen, nun gut, mit den Errungenschaften der Emanzipation im Allgemeinen.

CHARLOTTE *entsetzt* Warum das denn?

AIDEN Warum, warum! Wer fragt denn so was? Hier geht es um die Farbigkeit bei der Figurenzeichnung.

ELLA *prustet aus. Wird von einem kurzen Lachanfall geschüttelt. Dann zu Aiden* Arschloch.

AIDEN *entschuldigend, in die Runde* Sie ist müde.

Zu Ella Schatz, du hast unendlich müde Augen. Empfinde es als einen Akt der Wertschätzung, wenn wir dir eine Auszeit gönnen. Es wird mir eine Ehre sein, deinen Part zu übernehmen -

ELLA - Heuchlerischer Schmierenkomödiant.

JACOB *versucht die Situation zu entkrampfen, indem er in die Geschichte einsteigt.* Das fahle Licht der Leuchtstoffröhren taucht den Raum in eisiges Blau. Du würdest dich da ganz gut machen, sagt Pearson. Er hält Peach jetzt das querformatige Foto in der Mitte eines Herrenmagazins über den Tresen -

ELLA *hat sich noch nicht beruhigt, geifernd dazwischen* - Sexisten, das seid ihr. Da muss man ja lesbisch werden.

JACOB Nichts für ungut, sagt Peach verschämt und wendet sich wieder dem Gemüse zu, das für den nächsten Morgen geschnitten werden musste. Mullroy, der alles gesehen hatte, grinst von seinem Automaten herüber, den er rege mit Ein-Dollar-Münzen füttert.

AIDEN Frank kommt herein. Räkelt sich mit stocksteifen Gliedern, gähnt dabei wie ein Flusspferd und macht ebensolche Geräusche dazu, bevor er seinen ermatteten Leib auf diesen plüschroten Hocker hievt, in sicherem Abstand zu Pearson und den anderen sowieso. Unablässig wandert ein kleines Holzstückchen zwischen seinen Mundwinkeln hin und her. Pearson speichelt sich beim Umblättern der Seiten beharrlich den Daumen ein. Ob noch Whiskey da sei, will Frank von Peach wissen. Doch ehe sie antworten kann, schiebt ihm Pearson beim Blättern seine Flasche rüber. Nehm die, sagt er.

JACOB Niemandem scheint aufgefallen zu sein, wie jauchig es hier drinnen stinkt, bemerkt Frank spitz. Ich hab es schon bei meiner Ankunft gerochen. Wie Pisse in alten Unterhosen. Terpentin ist auch dabei. Der Geruch von nassen Lumpen kann einen den Atem -

CHARLOTTE *zischelnd dazwischen* - Sei still! -

AIDEN *dazwischen* - unterbricht ihn Peach. Pearson zieht die Flasche wieder zurück auf ihren Platz neben sein Glas. Dass sein rechtes Augenlid flattert, war Frank bislang nie aufgefallen. Bei dem Gedanken, dass die beiden womöglich heute Nacht hier Quartier beziehen könnten, ist Frank nicht gerade wohl zumute. Die Wände waren dünn wie Papier, kein Nagel fand in ihnen Halt. Und in Dingen, die ausschließlich Peach und ihn angingen, selbst wenn viele Dinge dies nicht waren, verbaten sich jegliche Ohrenzeugen. Gerade Mullroy, dieser buckligen Kreuzung zwischen Schakal und Stinktier, war zuzutrauen, einzig und allein deswegen hierzubleiben, Frank diese eine Nacht zu verhageln. Eines war sicher: Wenn sie soffen wie bisher, hatte er verloren.

Wo der Schweiß vom Rücken die Furche zwischen den Pobacken runterlief, hatte sich auf Peachs Rock eine feuchte Stelle gebildet. Die Vorstellung, sie würde keinen Schlüpfer darunter tragen, macht Frank beinahe wahnsinnig. Er wartet noch auf das Ende des Wetterberichts im Radio, lehnt sich dann rückwärts gegen die Reling des Tresens und lässt die Beine baumeln. Ich hab es gesehen!, posaunt er, spuckt danach das Hölzchen auf den Boden, die anderen fest im Blick.

JACOB Mullroy schiebt in aller Ruhe eine Münze nach. Was hast du gesehen?, fragt er, um Beiläufigkeit bemüht.

AIDEN Frank gleitet geschmeidig von seinem Schemel. Unter dem imposanten Klackern seiner Stiefel stelzt er rüber zu Pearson und bleibt hinter dem stehen. Den Seenasenaffenclownstachler, sagt er.

ELLA *prustet sich.* Seenasenaffenclownstachler? Dass ich nicht lache. Klingt so glaubwürdig wie María Guadalupe Diez de Bonilla. *Geschraubt* Seena-sen-aff-en-clown-stach-ler. Nehmt ihr für diese Kindervorstellung Eintritt?

CHARLOTTE *fragend, mitten unter den Akteuren.* Wer führt hier eigentlich Regie? Wer hat in dieser Produktion eigentlich die Hosen an? Mal was von scripttreuer Improvisation gehört, he? *Zu Aiden, zeigt dabei auf Ella.* Haben Sie die nicht ins Sabbatical geschickt? Warum macht die noch ihr Maul auf?

ELLA *zu Charlotte* Du bist so eine Natter.

JACOB *will Ella beispringen.* Ich weiß ehrlich nicht, was ihr habt? Marilyn Monroe etwa. Die hatte starke Momente. Gerade in ihren letzten Filmen. Die wussten, warum sie sie nicht nach Hause schickten. Hat doch keine Sau bemerkt, dass sie ständig besoffen war. Im Kino, mein ich.

ELLA *zu Jacob, giftig* Natterich!

CHARLOTTE Alkoholkranke Schlampe!

JACOB *ernsthaft um Arbeitsethik bemüht.* Peach aber ist anders. Jetzt fällt ihr vor Schreck die Gemüseschüssel, die sie zur Anrichte bringen wollte, aus der Hand und zerspringt krachend auf den Terracottafliesen. Mullroy glotzt mit weit geöffnetem Mund zu Frank. Lächerlich drehen sich die bunten Scheiben des Automaten im Kreis. Obwohl der Name des Tieres wie eine Verheißung mythisch im Raum steht, gibt sich Pearson gleichgültig. Du wärst seit Jahren der Erste, der es gesehen hat, sagt er, der sich ein Herz gefasst hat.

AIDEN Irgendwer ist immer der Erste, sagt Frank, die beiden Daumen in den Gesäßtaschen seiner Jeans eingehakt.

ELLA *angefixt* Wer sagt uns, dass du es wirklich gesehen hast?, wirft Mullroy ein.

AIDEN Sieh an, da behauptet also jemand, ich

wäre ein Lügner, empört sich Frank, vermeidet es aber, sich nach ihm umzudrehen, wartet stattdessen auf Pearsons Reaktion.

JACOB Dessen Hände nesteln an einer Streichholzschachtel herum. Wo war das genau?, fragt er, der jetzt Franks Atem im Nacken spürt.

AIDEN Bei den Höhlen von Perro. Keine neunzig Meilen von hier, die Straße nach Vaughn rauf, antwortet Frank und stakt ans Fenster, von wo aus man die Neontafeln betrachten konnte, die die Leute in ihren Fahrzeugen schon von weitem in gefährliche Illusionen lullten. Es war gegen Morgen, fährt Frank fort, den verklärten Blick noch nach draußen gerichtet. Ich muss kurz eingenickt sein, als Ed, also der Typ, der mich hierher fuhr, also, als der mich in die Seite stößt - und ja - da konnte ich ihn sehen. Der Zufall ist ein scheues Reh. Er lief geradewegs vor uns über die Straße. Ein entspannter Geselle, sag ich euch, ein ordentlicher Kaventsmann auch -

CHARLOTTE *dazwischen* - Ein Prachtkerl von einem - *Sucht das Wort.*

ELLA - Seenasenaffenclownstachler -

AIDEN *weiter* - Nicht mal besonders behände, der Bursche, aber doch so flink, dass wir kaum Zeit hatten, ihn uns näher anzusehen. Er lief dann in eine dieser beiden Höhlen hinein, in die kleinere, glaub ich, dort wo sie wegen dem Virus alles abgesperrt haben für die Asiaten. Ed wollte noch aussteigen und ihm nachstellen, immerhin war es für ihn ja auch eine Premiere. Ich sagte: Ed, lass gut sein! Komm, fahr weiter. Bin verdammt müde. War wirklich ziemlich groggy nach den letzten Tagen. Und Ed ließ es dann auch, gottlob.

ELLA *zu Aiden* Glaubst du, er ist da noch drinnen? In diesem verdammten Loch?

AIDEN Klar, nach allem, was man über sie weiß.

CHARLOTTE Mullroy schaut zu Pearson, der sich noch nicht entschieden hat.

JACOB *zu Aiden* Was ist mit dir, Frank? Kommst du mit?

AIDEN Wisst ihr, ich heb es mir für später auf. Abgesehen davon hab ich es ja schon gesehen. Kurz, aber immerhin. Nee, so einen Traum sollte man sich nicht zu früh erfüllen. Ich bin noch jung an Jahren. In diesen Dingen hab ich einfach Glück. Gott liebt die Geduldigen.

CHARLOTTE *irritiert, dann fragend, zu Aiden* Groucho Marx?

AIDEN Robert De Niro.

CHARLOTTE Wiederholt hängen Mullroys Augen in gespannter Erwartung an Pearson. Der nickt.

JACOB *entschlossen* Also gut!

ELLA Wir nehmen den Diesel. Dann sind wir schneller.

JACOB Sie streifen sich Popeline-Jacken über. Mullroy füllt den Kanister bis zum Verschluss, Pearson schleppt die alten Karbidlampen aus dem Schuppen und stellt sie auf den Ladekasten des rostigen Pickups. Los geht's! Mullroy setzt sich neben Pearson, der fährt.

ELLA Frank steht auf der Veranda und schaut ihnen nach. Über den Bergen stehen pechschwarze Wolken, die nichts Gutes verheißen. Die vorderen ziehen bereits bedrohlich zu ihnen rüber. Peach tritt langsam von hinten an ihn heran und zieht ihre Arme wie einen Gürtel um ihn zusammen. Jetzt legt sie ihren Kopf in Franks breites Kreuz.

Charlotte ist Ellas letzten Ausführungen physisch gefolgt und hält Aiden liebevoll von hinten umschlungen. Sie hat die Augen geschlossen, atmet tief und entspannt durch.

CHARLOTTE Wieviel Zeit haben wir?

AIDEN Eine Ewigkeit.

ELLA Auf dem Platz vor der Schmiede tanzen vertrocknete Grasballen mit Unmengen von Müll um die Wette.

CHARLOTTE Eine Ewigkeit ist zu kurz.

ELLA Die roten Heckleuchten von Mullroys Pritschenwagen verschluckt die Dunkelheit jetzt wie ein riesiges Maul.

Charlotte und Aiden sehr innig, halten noch immer

die Augen geschlossen. Charlotte streicht ihm sanft von hinten über den Oberkörper, beginnt zu summen, erneut „Top of The World". Derweil schauen sich Ella und Jacob in die Augen, fassen sich etwas steif an den Händen und gehen unbeschwert zu Charlotte und Aiden. Von denen werden sie schon hingebungsvoll empfangen. Küsse, Umarmungen. Ein Gebinde von sich herzenden Menschen, das sich nur gemächlich entknotet. Langsam geht das Quartett dazu über, händchenhaltend und zur leisen Melodie der Carpenters im Kreis zu tanzen. Was im ersten Moment wie ein kleinkindliches Gruppenspiel anmutet, kommt zugleich albtraumhaft und irritierend daher, weil alles wie in Zeitlupe und unter Drogeneinfluss arrangiert wirkt. Als hätte der Ausdruckstanz zur Reformzeit eines Gustav Klimt seinen Niederschlag in einem depressiven Gemälde von Edward Hopper gefunden. Ein Eindruck, der sich noch verstärkt, als die Paare im Schneckentempo wieder ihre ursprünglichen Plätze einnehmen. Schweigend und wie paralysiert. Charlotte streichelt Aiden, Ella und Jacob im Abstand davor.

ELLA *in sich ruhend, entrückt* Da ist ein Traum. Von Vögeln mit kahlen Köpfen, von gekiesten Auffahrten. Und es gibt einen Brunnen mit steinernen, wasserspeienden Figuren, die jetzt zu Fleisch werden und närrisch im Park herumtollen. Franks Keuchen wird lauter. Es geht dem Ende zu. In der Ferne ist schon Gewittergrollen zu hören. Noch eilen die Blitze dem Donnern voraus, zucken sporadisch wie Peitschenhiebe über seinen triebhaften Körper. Sein Pflock treibt ein animalisches Spiel zwischen ihren Beinen, reißt sie dort immer wieder auf, in schnellen, heftigen Stößen. Auweia, die sind so hart, dass Peach droht, mit dem Kopf an die Metallstäbe des Bettes zu knallen. Tapfer krallt sie sich an denen fest, um nicht über Bord gespült zu werden. Schweiß tropft aus seiner haarigen Brust auf ihren Bauch, sammelt sich in dem kleinen See des Nabels. Dann brechen die Dämme um den Krater herum. Der Vulkan speit sein Magma heraus, glühende Brocken besprenkeln die Hänge. Flüssige Lava strömt derweil an den Flanken zu Tal, quecksilbrig anfänglich, doch schnell von weiteren Eruptionen glasiert und eingefangen in brodelnden Bächen, wenn die zähe Spitze des Schmelzflusses zu Schlacke erkaltet. Frank rollt sich von ihr runter und bleibt auf dem Rücken liegen.

AIDEN War es gut?

CHARLOTTE Es war wunderbar -

ELLA *dazwischen* - sagt sie, und ihre Stimme klingt fest und echt.

AIDEN *schimpfend, besorgt* Himmel, du hast mich ständig angeschrien! Hast mir nen richtigen Schrecken eingejagt, dachte schon, ich müsste aufhören, dachte, jetzt stirbt sie dir unter den Händen weg, Himmel!

CHARLOTTE Schuft!

ELLA *dazwischen* - sagt sie, als er längst eingeschlafen ist, mit diesem Lächeln in der Fresse, für das sie ihn hasst und liebt zugleich.

Während ihrer letzten Worte hat sich Ella klammheimlich die Pulsadern an ihrem linken Unterarm aufgeschnitten. Blut rinnt herab. Jacob bei ihr.

JACOB Mein Gott.

In Ellas rechter Hand blitzt eine Nagelfeile auf, die sie angeekelt fallenlässt. Überall Blut. Während sie schwankend umhergeistert, hat sich Jacob schon hilfesuchend unters Publikum gemischt.

JACOB *leicht panisch* Ist ein Arzt hier? *Warten.* Ein Arzt! *Kämpft sich durch die Zuschauer.* Ein Tierarzt?

AIDEN Lassen Sie, Jacob. Das macht sie andauernd, wenn sie sich nicht beachtet fühlt.

JACOB Ein Sanitäter? *Leiser* Ein Klempner? *Sehr leise* Freiwillige Feuerwehr? *Zeigt auf eine Dame mit einem Schaltuch um den Hals. Die versteht sofort, gibt ihm das Tuch.* Danke.

AIDEN Es ist ein Spiel. Ein Abhängigkeiten stiftendes Ritual. Darin ist sie ein Champion.

JACOB *fängt eine bereits delirierende Ella ein, wickelt der das Tuch um Hand und Unterarm, verknotet alles stümperhaft.* Stimmt das mit dem Spiel?

ELLA *vergeistigt* Ich war schon weg. Sehr weit weg. Der Blutverlust. Ja, und dann haben sie gesungen. Es klang wie das Wehklagen einer Äolsharfe bei Sturm. Jacob, wissen Sie, was sie gesungen haben, die Engel?

JACOB Sie flunkern jetzt, was?

ELLA Ein Lied von den Carpenters. Die Backfisch-jahre vor der Jukebox. Ein idealisierender Flashback. Vor Ihrem inneren Auge gewinnen vielleicht die Gesichter unzähliger Personen Konturen, Jacob. Ich aber erkenne das Geripppe von Songs, den Nukleus der Melodie, bin ein echter Wildfang der Popkultur. Mussten Sie dieser verzaubernden Kunst mit Ihren groben Händen gerade in dem Moment einen Riegel vorschieben, als ich mitsingen wollte?

AIDEN *amüsiert* Vergangene Woche war es Pat Boone.

ELLA So viel Hass. Da ist so viel Hass unter den Menschen. Wieviel Abscheu muss sich in einem Menschen aufstauen, bis seine Liebe als Gift wirkt? Jacob, hat Charlotte Ihnen schon gesagt, welch ent-zückende Fingernägel Sie haben?

Jacob betrachtet seine Fingernägel.

AIDEN Harold Arlen, Duke Ellington, Irving Ber-lin, Cole Porter, Henry Mancini. Die Ehe mit dieser Frau ist wie eine Reise durchs Great American Song-book. Zu Ella Hattest du schon Johnny Mandel? Ich kann mich nicht erinnern.

ELLA *ergreift Jacobs Hand, betrachtet die.* Es müssen besondere Menschen sein, die solche Krallen herzeigen dürfen. Johnny Mandel hätten sie zu einer Filmmusik angeregt. Die groben Hände denken wir uns mal weg.

Charlotte schält sich aus Aidens intimer Umklammerung, weil ihr die traute Zweisamkeit peinlich geworden ist und sie sich der hoffnungslosen Situation, im Angesicht der gespielten Übereinkünfte und grassierenden Sarkasmen, erstmals gewahr wird.

CHARLOTTE *ruhelos, will etwas loswerden.* Ich versteh da was nicht.

AIDEN Was denn?

CHARLOTTE Ich versteh nicht, wo es hin ist, das viele Geld.

ELLA Was fürn Geld?

CHARLOTTE *zeigt auf Jacob.* Das Geld, das der verspielt hat.

ELLA Du sagst es selbst, Kindchen, es ist verspielt.

CHARLOTTE Irgendwo muss es sein, physisch, mein ich -

ELLA Nix ist physisch. Alles ist Illusion, Kleines.

CHARLOTTE Immerhin war es da. Ich hab es nicht verbrannt. Es gab keinen Scheiterhaufen, keinen Rauch. Ich hab die Scheine noch gewissenhaft zur Bank gebracht. Vor ner halben Ewigkeit. Wollen Sie noch mal dran riechen?, hat der Knilch hinterm

Schalter noch gefragt. Seeeeeehr witzig, sag ich. Die sind ja wie Kinder, diese Schlipsträger, wenn sich nicht alles um den eigenen Schotter dreht.

ELLA Und, haben Sie?

CHARLOTTE Was?

ELLA Gerochen.

CHARLOTTE Oh ja, sehr gern sogar. *Atmet tief und genussvoll durch die Nase.* Mmmh.

ELLA Geld riecht nicht, Kleines.

CHARLOTTE Oh doch. Es riecht. Nach Schweiß. Nach diesem alten Sekret von Arbeit und Entbehrung. Ein vergessener Geruch. Menschen packten sich für Banknoten einst Herabwürdigendes auf die Schultern. Ist es nicht menschlich, wenn der eine oder andere da wissen möchte, wohin die gegangen sind, wenn sie gegangen sind?

AIDEN Der Kreislauf des Geldes. Die dunklen Mächte des Kapitalmarktes, sie haben es aufgesogen. *Er imitiert das schmatzende Geräusch eines Staubsaugers.* Atomisiert. Schwarze Löcher. Nennen Sie es, wie Sie wollen, Kleines. Die Wirtschaft -

CHARLOTTE *unterbricht, höhnisch lachend -* Welche Wirtschaft? Wer hat denn hier eine Leistung erbracht, bitteschön? Eine fucking Dienstleistung! Ich hab nichts bemerkt. Mir hat niemand ne Rechnung geschrieben.

AIDEN *baff.* Der da - *Zeigt auf einen jetzt devot in*

der Ecke kauernden Jacob. - der da hat gerade Ihre Zukunft verjuxt, ihre gemeinsame Existenz. Eine Spießerexistenz, wenn Sie mich fragen, die freilich weniger erbärmlich den Bach runtergegangen wäre, wenn diese Kreatur kurz nachgedacht hätte.

ELLA *hängt schwer beeindruckt an Aidens Lippen.* Zu ihm Mein Gott, bist du stark. Man kann es körperlich spüren. Ich glaub, mein Knochenmark bildet schon wieder fleißig rote Blutkörperchen. *Erst zu Charlotte, dann zu Jacob, fragend.* Bemerkt Ihr das? Sein Verstand, ein einziger Muskel.

AIDEN *zu Charlotte, die er besänftigt sehen möchte* Gut kann ich Ihren Schmerz verstehen, Charlotte. Die Wunden sind verheilt. Jetzt beginnen die Narben zu jucken. Das bringt Sie um Schlaf und Verstand.

ELLA *krault ihm ausdauernd über den Brustkorb, fühlt seinen Bizeps.* So ein starker Mann. Scheiß auf die Fingernägel!

CHARLOTTE *gibt nicht auf.* Wenn es ein Gesicht zu diesem Geld gibt, dann will ich es sehen. Es ist mein verdammtes Recht! Kein Gesicht, keine Amnestie. Der Typ soll den Zaster in Gottes Namen behalten, aber er muss begreifen, wem er seinen Wohlstand zu verdanken hat, und - und ich will ihm sagen, dass er ihn sich nicht verdienen musste. Nicht redlich zumindest. Vielmehr hat ihn der Mammon auserkoren, jawohl, aber doch nur, weil - weil irgendein Broker bei diesem Hochfrequenzhandel ein bisschen gerissener war als diese Missgeburt hier, die *- Sie zeigt auf Jacob -* die sich tragischerweise noch als mein Ehemann ausgeben darf. Warum soll ich armes Hascherl bluten, weil ein Algorithmus in so nem Supercomputer Gott spielt, so ein Millisekunden-Monster?

AIDEN *gleichgültig* Nur Papier.

CHARLOTTE Für mich ist das von Bedeutung. Der Lauf der Dinge. Wo alles herkommt, wie es endet, verstehen Sie, Aiden?

AIDEN Kapitalismuskritik, na schön. Dann machen wir jetzt eben auf Kapitalismuskritik! Das große Börsen-Bashing, was? Wenn Sie nicht aufpassen, kommt Brecht bei Gelegenheit um die Ecke -

ELLA *entzückt* - und tritt die vierte Wand in die Tonne, Kleines.

AIDEN Dieses - dieses verdammte Papier existiert doch nur, weil die Regierungen Aufstände befürchten und uns das Gefühl von Macht lassen wollen. Diese nostalgische Scheiße. Sie setzen die Dollar-Noten wie Tranquilizer ein, verstehen Sie? Date Rape Drugs. Wie einst synthetischen Drogen in Vietnam -

ELLA - Ho-Chi-Minh-Pfad, Flaming Dart, Rolling Thunder, Napalm, Splitterbomben, Tet-Offensive, großer Katzenjammer danach -

AIDEN - nur noch Ballast in unseren Geldbörsen -

ELLA - Agent Orange, Monsanto, Search and Destroy, M 16, Mig-21, mehr Napalm, mehr Selbstverbrennungen, CBS, Walter Cronkite, War Powers Resolution, Gerald Ford. Kein Napalm mehr. Dafür Asia Food in praktischen Faltkartons. Polyethylen in von Populisten abgeholzten Regenwäldern. Guten Appetit -

AIDEN - Sie lassen uns die Scheine, weil wir uns an ihnen erwärmen sollen. Wir brauchen sie nicht mal anzuzünden, das Feuer brennt schon in unseren Augen. Es ist ein Fetisch, aber niemand braucht diese Götzen, um -

ELLA *gedankenschnell dazwischen* - um auf den Mars zu fliegen.

AIDEN Elon Musk wird vermutlich das letzte Mal bei seiner Einschulung ein Bündel Geldscheine in der Hand gehabt haben. *Er legt Charlotte freundschaftlich beide Hände auf die Schultern. Schaut ihr mitfühlend in die Augen.* Glauben Sie nicht, was Sie sehen, Charlotte, selbst wenn das Jucken der Narben Sie jetzt wahnsinnig machen sollte.

Charlotte erinnert sich lieber der grotesken Geschichte, die sie unter allen Umständen fortstricken möchte. Schon um auf andere Gedanken zu kommen. Wandert gedankenvoll nach vorne.

CHARLOTTE Die Lichtkegel ihrer Karbidlampen

stochern im Dunkeln der Höhle, tanzen über die grauen Wände und den sandigen Boden. Pearson sieht aus, als hätte er die Schnauze voll. *Sie blickt zu Jacob, der nicht kapiert. Die Wunden leckend, hat er seinen Einsatz verpeilt. Charlotte jetzt resoluter, mahnend* Pearson sieht aus, als hätte er die Schnauze voll! Hallo, Herr Pearson!

JACOB *findet nur derangiert und mürrisch aus seiner Ecke heraus, dann stoisch* Das war es. Ich hab die Schnauze voll. Ich hab -

CHARLOTTE *ergänzt* - die Schnauze voll, sagt Person, als das Ende der Höhle erreicht ist.

JACOB Wenigstens wissen wir jetzt, dass es nicht hier ist, dieses - *Sucht das Wort, findet es nicht* - ach, scheiß drauf.

AIDEN *tritt an Jacob heran.* Wir wissen nicht mal, ob es überhaupt jemals hier war, dieses - *Sucht das Wort, findet es nicht* - na dieses Geschöpf mit dem unaussprechlichen Namen.

AIDEN Hast du Fußspuren gesehen? Wenn meine trüben Augen mich nicht narrten, waren die von Fenneks. Ein paar Gundis waren wohl auch dabei. Aber sonst -

JACOB Hast recht. Komisch mit den Spuren.

AIDEN *spuckt aus.* Meine Worte.

CHARLOTTE Pearson leuchtet noch einmal den Boden nach Spuren ab. Nichts! Stattdessen funkelt in einem Wandvorsprung eine Coca-Cola-Flasche, aus deren Hals Pearson etwas umständlich ein gerolltes Stück Papier herausfingert.

AIDEN Ich dachte, hier wären keine Touristen. Hat Frank das nicht gesagt?

JACOB Ist nicht raus. Wir sollten mal ein Auge auf ihn werfen, diesen Frank.

CHARLOTTE Während er redet, rollt Pearson den Papierbogen aus, streicht ihn glatt. Mullroy steht hinter ihm, leuchtet über seine Schulter, dass sie lesen können.

ELLA *mutig nach vorne, predigend. Die Rezitation bekommt ein wuchtiges, religiöses Pathos, da Ellas Gesicht und Haare blutverschmiert sind.*
Die Geschichten, die zu finden du die Mühe
einer Reise nicht für wert hältst,
das sind die wahren Geschichten, die zu suchen
dir dein Leben zu kurz erscheint.
Die schillernden Geschichten, die du meinst
die liegen auf der anderen Seite.
Aiden und Jacob blicken sich ungläubig an.

AIDEN Hast du das verstanden?

JACOB Frag nicht.

AIDEN Sieht so aus, als wollte jemand, dass wir das finden.

JACOB Bin im Bilde.

AIDEN Was schlägst du vor?

JACOB Ich denke, wir sollten diesem Jemand eine Lektion erteilen.

AIDEN Eine Lektion ist genau das Richtige.

CHARLOTTE Pearson hält den Fetzen Papier in die Flamme seiner Karbidlampe und lässt sie als funkensprühenden Brandsatz an der Felswand detonieren.

JACOB Komm, wir haben's lange genug vertrödelt! Worauf warten wir?

CHARLOTTE Als er den Marschbefehl gibt, flattert Pearsons Augenlid heftiger denn je. Derweil grinst Mullroy zufrieden in sich hinein. In seinem Mondgesicht hat die Schläfrigkeit längst etwas anderem Platz gemacht: Rache! Sie verlassen die Höhle. In langen, schnellen Schritten. Pearson vorneweg. Hinter ihm trampelt Mullroy im Sand wie ein junger Stier. Er schlägt jetzt Haken.

Aiden zu Ella, die ihre blutende Hand schützend vorm Körper hält. Sie zittert. Er mustert sie. Leicht angeekelt.

AIDEN Denke, wir müssen sie abschreiben. Mit der Blutvergiftung, die sich abzeichnet.

CHARLOTTE Hört sich an, als wollten Sie sie gleich essen.

JACOB *angefixt* Das sollten wir nicht ausschließen. Perspektivisch, mein ich.

ELLA *zu Jacob, gallig* Verrecken sollen Sie an meinem toxischen Fleisch, das wünsch ich Ihnen von

Herzen!

AIDEN Beruhige dich, Ella, als Hochinfektionsrisiko bist du soeben durchs Raster gerauscht.

ELLA *beruhigt sich nicht.* Dieser Jacob will mich nur verspeisen, weil er sich todsicher um die Ecke bringen will. Ratzfatz, hab ich recht, Jacob? Deshalb wollen Sie mich doch vernaschen? Mein virulentes Blut aus goldenen Kelchen schlürfen. Sie sind ja ne perverse Sau!

JACOB *zeigt auf Ella.* Also, meine Eier kriegt die nicht. Wir reden ja vom Äußersten. Ich verfüge das jetzt mal testamentarisch, damit es alle hören. Wer weiß, vielleicht ist das bei der alles fingiert. Das ganze Blut, und wie die die Augen verdreht, so gekünstelt. So viel Blut verliert ja kein Schwein. Jede Hausschlachtung ist ne Wurzelbehandlung dagegen. Ich muss es wissen, ich komm vom Land -

ELLA *bösartig dazwischen* - vom Nazielternbauernhof.

JACOB Pfui, jetzt riecht es aber schwer nach nem Amazonen-Komplott.

Charlotte inzwischen auf allen vieren, wischt mit ihrem Blazer den blutverschmierten Boden. Touchiert dabei Jacobs Füße.

JACOB *erschrocken, zu ihr* Was issn los?

CHARLOTTE Ich wisch mal. Hinterher sagen die noch, hier hätten Schweine gehaust. Man kann sich schließlich auch zivilisiert aufessen.

AIDEN *zeigt zur Decke.* Hier werden sie einsteigen. Erst übers Dach. Hubschrauber, dann schweres Gerät. Seilwinden, Steigeisen, Metallscheren, Schneidbrenner. Bloß kein Risiko. Schön langsam mit der Braut. Ganz wichtig: Atemschutz! Denn es wird riechen. Bestialisch sogar. Gottverflucht, die werden sich übergeben! Jacob, sehen Sie diesen Schatten? Diese bläuliche Vertiefung entlang des Falzes? *Alle sehen hin.* Hier scheint mir das Blech am dünnsten, vielleicht die Maske für eine spätere Luke. Wie gemacht für ein Einstiegsloch. Dort werden sie es herausschneiden, da verwette ich meinen Arsch, nicht zu knapp freilich, schließlich müssen die Leichensäcke durchpassen. *Legt den Arm auf Jacobs Schulter, vertrauensbildend.* Keine Sorge, Ihre Hoden verputz ich gerne.

CHARLOTTE *wischt.* Zu spät. Hab ne Anwartschaft als seine Frau.

ELLA Mein Gott, so gierig.

CHARLOTTE Sei mal ganz still, du bist nicht mehr Teil der Nahrungskette.

JACOB *in Ellas Richtung.* Ich glaub, ich erschlag die jetzt. Spür schon den Achilles in mir. Schreit diese Penthesilea nicht danach, erschlagen zu werden? Ich meine, es gerade gehört zu haben.

CHARLOTTE Ich wisch. Die Notdurft, das Blut.

Bin die Arbeitsbiene im Gemetzel. *Zu Aiden* Aiden, wussten Sie, dass die Mauerassel sich von ihrem eigenen Kot ernährt?

ELLA *leise dazwischen* So eine falsche Assel!

CHARLOTTE Sie verdauen alles zweimal. Sie gewinnen ihre Nahrung aus Aas und abgestorbenen Pflanzen und können in völliger Dunkelheit leben.

AIDEN Es ist nicht ausgemacht, dass alle draufgehen. Vielleicht kommt einer von uns durch. *Zu Jacob* Jacob, Sie sind zwar ein verachtenswerter Zocker, aber man sieht Ihnen an, dass sie Sport treiben. Ein Hardbody.

CHARLOTTE Asseln sind damit resilienter als diese Kuscheltiere, die wir dauernd anhimmeln. Delfine und Eisbären. Ich wisch mal weiter. Die Königin duldet keinen Aufschub.

AIDEN *zu Jacob* Sie müssen das Fleisch der Toten mit einer Glasscherbe vom Knochen kratzen. Nehmen Sie Charlottes Kosmetikspiegel dazu! Denken Sie nicht daran, dass sie noch vor kurzem ihre Frau gewesen war. Denken Sie nicht daran, dass es weh tut, wenn Sie sich ins eigene Fleisch schneiden. Sie sind jetzt ein Goldgräber, der Gold aus dem Berg fördert. Stellen Sie sich vor, dass sie Energie aus Körpern gewinnen.

ELLA *dazwischen* Dieses ewige Gewinnstreben.

AIDEN *eindringlich weiter* Entnehmen Sie gezielt

nährstoffreiche Körperteile und Organe. Das Kalzium lösen Sie aus den Knochen, das Sie mit der proteinreichen Leber mischen. *Jacob wirkt unaufmerksam, was Aiden missfällt.* Hören Sie, Jacob! Essen Sie es roh oder legen Sie Depots an. Sehen Sie die Strumpfhose ihrer Frau? Die billigen Perlonstrümpfe?

Aiden grapscht danach, Charlotte schlägt seine Hand weg.

CHARLOTTE He!

AIDEN Strümpfe sind ideale Proviantbehälter. Horten Sie Vorräte, entwerfen Sie Diätpläne!

CHARLOTTE Es konnten schon verschiedene Persönlichkeitstypen bei Asseln festgestellt werden. Es gibt Phlegmatiker, Angsthasen -

AIDEN *redet Jacob ins Gewissen* Sagen Sie ihren Rettern, dass wir diese Welt mit Anstand verlassen haben. Diesen letzten Gruß sind Sie uns schuldig! Denen, die Ihnen Nahrung waren. Sie werden ihr ganzes Leben daran denken, dass wir wie Tiere wüteten. Jacob, das kann ich Ihnen nicht ersparen. Aber es gab keinen Egoismus. Nie. Das wird den Helfern vom Fire Department sicher die Tränen in die Augen treiben. Es gab in diesem vermaledeiten Aufzug eben nicht so viele hässliche Dinge, wie man sie in unserer Gesellschaft findet. Erzählen Sie, dass das, was hier in zweihundert Metern Höhe geschah, das genaue

Gegenteil von dem dort unten war. Eine echte Opposition sozusagen.

CHARLOTTE Wo die Assel ist, ist Leben.

Ella mit letzter Kraft nach vorne, über die bohnernde Charlotte steigend. Träumerisch.

ELLA Peach sitzt aufrecht im Bett und schnuppert. Jetzt ist der Rauchgeruch deutlich wahrzunehmen. Frank liegt neben ihr und schläft wie ein Baby, nackt und rosa, mit dem arglosesten Gesicht der Welt. Ein Geräusch hatte sie aus dem Schlaf gerissen, das Klappern des Fensterverschlags vielleicht, der während des nächtlichen Sturms aus der Halterung brach. Sie geht leise zum Fenster. Unten schwitzt der Müll aus den umgestürzten Tonnen in der frühmorgendlichen Sonne. Nirgendwo aber ist ein Feuer zu sehen, die Luft wirkt frisch und klar wie nach jedem Gewitter, und Peach nimmt zwei, drei Nasen voll, um auf Trab zu kommen. Oft schlugen die Blitze in Überlandleitungen ein, manchmal in trockenes Gestrüpp oder in leerstehende Scheunen, die schnell Feuer fingen und lichterloh in Flammen standen, ehe man sich versah. Der Wind trug den Rauch bis zu den Siedlungen diesseits der Berge, zu den Ortschaften entlang der Straße, die dem Rio Grande folgte, selbst bis in die fruchtbaren Täler des Nordens hinein, auch wenn bis dahin von der Scheune kein kokelnder Balken mehr stand.

Sie geht zu Charlotte, streicht der sanft übers Haar. Es wirkt wie eine Abschiedsgeste.

CHARLOTTE Als Krebstier ist die Assel mit dem Hummer verwandt, im Ansehen rangiert sie weit drunter.

ELLA Mullroys Diesel parkt vor dem Schuppen. Vermutlich hatten die beiden Höhlenforscher, als sie gegen Morgen zurückwaren und Hunger verspürten, sich noch von den Speckbohnen genommen und diese auf dem Feuer anbrennen lassen. Jetzt bleibt keine Zeit für Mutmaßungen, jetzt würde Peach erst einmal die Schäden, die der Sturm verursacht hatte, beheben müssen. Zwischendurch müsste sie noch die Tiere versorgen und das Frühstück anrichten für die Männer. Sie würde sich ein frisches Kleid überziehen, für die Tiere freilich nicht, eines mit Blumenmuster, denn heute war Sonntag.

Ella hilft Charlotte aufzustehen, legt der dabei zärtlich den blutfleckigen Blazer um die Schultern.

CHARLOTTE Das Weibchen der Assel trägt seine Eier in einem Flüssigkeitsbeutel vor der Brust. Haben Sie ihr mal bei der Häutung zugesehen, Ella?

ELLA *bleibt gesammelt.* Frank aber soll ruhig seinen Schlaf bekommen. Ganz gleich, ob er ihn sich verdient hat. Gewiss möchte Peach, dass er und die anderen ihr nicht so schnell über den Weg laufen. Sie geht auf Zehenspitzen zur Tür und drückt die

Klinke nieder. *Erstaunt* Zu! *Jetzt wütend* Verschlossen! *Gedämpft weiter* Geht das nicht zu weit? Sollte in ihrem Haus nicht sie alleine bestimmen dürfen, was eingesperrt gehört und was nicht? Sie tritt an sein Bett und brüllt -

CHARLOTTE *im Kasernenhofton dazwischen, nachdem sie sich zuvor vor Jacob aufgebaut hat -* Du hebst jetzt gefälligst deinen Arsch hier raus und gibst mir den Schlüssel, dass das klar ist!

ELLA Frank dreht sich auf die andere Seite und ratzt weiter. Sie setzt sich, schäumend vor Wut, neben ihn aufs Bett.

CHARLOTTE *drohend* Also, was ist?

JACOB Was ist eigentlich los? -

ELLA *dazwischen* - fragt Frank müde ins Kissen hinein.

CHARLOTTE Die Türe ist zu, verdammt!

JACOB Dann öffne sie, verdammt!

CHARLOTTE Sie ist verschlossen!

JACOB Unmöglich.

CHARLOTTE Schön. Willst ihn mir nicht geben.

JACOB Ich hab ihn nicht, Indianerhaut. *Bemerkt den Rauchgeruch, schnüffelt.* Sag mal, hier brennt doch was? Riechst du's nicht?

CHARLOTTE Natürlich riecht es! Kannst du dich an deinen Tortilla-Auflauf letzten Sommer erinnern? Hinterher durfte ich den halben Tag schwarzen Käse aus dem Herd kratzen. Die Stahlwolle war reines Gift für meine indianerhäutigen Hände. Warum sollten ausgerechnet Mullroy und Pearson kulinarische Glanzlichter auffahren? Helle Köpfe sind's ja auch keine.

JACOB Die Höhlenforscher? Da kann ich dich beruhigen, die sind so bald nicht zurück.

CHARLOTTE Wirklich? Schau mal, was dort unten steht!

ELLA Frank ist schon am Fenster, erblickt fassungslos Mullroys Pick-up und sagt -

JACOB - Verflucht!

ELLA Er drückt nicht mal die Klinke nieder, wirft sich jäh krachend gegen die verrammelte Türe. Viermal. Fünfmal. Sechsmal. Mit dem Gewicht seines muskulösen Körpers, und dann noch einmal eine Versuchsreihe mit längerem Anlauf. Seine Augen wirken glanzlos und tot, als ihm der Schweiß aus der Stirn tritt. Aus dem dumpfen Donnern der Ausbruchsversuche glaubt man das Brechen von Knochen heraushören zu können. Franks malträtierter Leib gleitet erst über das gesplitterte Türblatt, sackt dann bleiern auf den Boden.

CHARLOTTE Du hättest es nicht erzählen dürfen. Es war nicht richtig.

JACOB Es musste sein. Ich kann's nicht erklären.

Aiden bei Charlotte. Gibt der unmissverständliche

Zeichen, dass er deren Rolle als Peach einnehmen möchte. Charlotte tritt bereitwillig zur Seite.

AIDEN *blickt Jacob tief in die Augen.* Es ist unsere Geschichte. Die gibt man nicht dran. Die Legende von Peach und Frank. Man wirft seine überbordende Fantasie nicht einfach schwuppdiwupp in die Waagschale. Es ist ein heikles Spiel.

JACOB Aber sie hätten ihn sehen können. Es ist eine Frage des Glaubens. Enorme Sinneswahrnehmungen befähigen den Menschen. Neuronale Netze, wohin man schaut. Seenasenaffenclownstachler, das klingt doch wie ein Versprechen. Da muss es doch Klick machen!

ELLA Rauch zieht aus tausend Ritzen in dünnen Kaminen zu ihnen hinauf. Frank packt das Bettgestell an den Längsholmen und rammt es blindwütig gegen den Verschlag, lässt es irgendwann ermattet runterplumpsen.

JACOB *schnaufend* Die haben nen Panzer davor.

AIDEN Was willst du tun?

JACOB Da gibt's nichts.

ELLA Graue Schwaden quellen aus dem Boden und vernebeln den Raum. Sie sagt -

AIDEN *ergänzend* - Ich habe keine Angst davor.

JACOB Komisch, warum dachte ich bloß, man müsste Angst davor haben?

AIDEN Dachtest du das?

JACOB Ja. Ist ein lausiges Gefühl, keine Angst zu haben.

AIDEN Ich leg mich lieber auf den Boden und kuschel mich an die Wand. Ich denk, es lässt sich so am bequemsten ertragen.

JACOB Hab zu viele krepieren sehen. Muss immerzu an die Angst denken. Die bekommt ein existentes Gesicht, wenn man die nicht aus dem Kopf kriegt. Der Tod ist ne richtige Schönheit dagegen.

AIDEN Denk nicht daran.

ELLA Unter fressen belfernde Flammen eifrig am Gebälk. Er kriecht zu ihr rüber und ergreift ihre Hand. Mit letzter Kraft robben sie geduckt über die Dielen rüber zum Fenster. Wenn sie einatmen, füllen ihre Lungen sich ausnahmslos mit schwarzem Qualm, der sie verätzt. Frank muss sich hustend übergeben. Eine schwere, braune Flüssigkeit quillt ihm aus dem Mund, die den Lippen als teerige Kruste anhaftet.

JACOB Es gibt eine Möglichkeit -

ELLA - sagt er, schon schwach, und zeigt aus dem Fenster, unter dem seit Ewigkeiten die orangefarbene Wanne mit dem rostigen Metallschrott abgewrackter Autos thront. Gesplitterte Frontscheiben, wuchtige Achsträger und messerscharfkantige Blechhauben ragen aus dem riesigen Trog empor wie wehrhafte Stalagmiten in einer Tropfsteinhöhle.

AIDEN Nicht so, Frank.

JACOB Okay.

AIDEN Wie ist es, wenn man verbrennt?

JACOB Du wirst in Eiswasser schwimmen, mein Pfirsich.

AIDEN Das ist schön.

JACOB Man wird ohnmächtig davor.

AIDEN Wer sagt denn so was?

JACOB Stand in Reader's Digest. Die Nerven. Sie sollen erratisch reagieren. Sag ich jetzt mal populärwissenschaftlich. Diese Neuronen eben.

AIDEN Er ist eine Fratze.

JACOB Wer?

AIDEN Er.

JACOB Ja.

Die beiden Männer küssen sich auf den Mund. Charlotte und Ella rücken religiös ritualisiert an sie heran, trauernd. Die Hände zum Gebet gefaltet.

CHARLOTTE *leise, eine Fürbitte zitierend:*
Allmächtiger Gott
Bist Vergangenheit, Gegenwart und Zukunft.
In deine Arme
haben wir nun unsere Liebsten gelegt -

ELLA *dazwischen -* Schwules Pack! *Spuckt aus.*

CHARLOTTE *unbeeindruckt weiter:*
Wir können nichts mehr für sie tun.
Uns bleibt nur die Hoffnung,

dass du für das schwule Pack da bist,
dass du deine Arme und dein Poloch weit öffnest
und rufst:
Komm wieder Menschenkind.
Amen.

Die beiden Frauen bekreuzigen sich. Währenddessen glaubt Ella, etwas aus dem Augenwinkel gesehen zu haben. Blickt zu einem Kippschalter, der einigermaßen versteckt im Fußraum der Fahrstuhlkabine sitzt.

ELLA *überzeugt.* Da blinkt doch was!

CHARLOTTE Was fürn Blinken?

Alle sehen hin.

ELLA Son Licht halt. *Pause.* Jetzt isses weg.

AIDEN Die Giftstoffe.

JACOB Jetzt verrichten sie ihr tödliches Werk. *Tritt an Ella heran, schnüffelt an ihr.*

AIDEN Und, stinkt Sie schon nach Pisse?

JACOB Ich sag nix. Ich hab ja Etikette.

CHARLOTTE *fummelt ihrerseits interessiert an dem Schalter herum.* Muss der Knubbel hier nicht nach unten zeigen? Jacob, haben wir daheim nicht Licht, wenn das Teil runtergedrückt ist?

JACOB Weiß nicht.

ELLA *beschnüffelt sich unterdessen.* Die sagen, ich riech nach Pisse. Nur weil ich son Blinken gesehen hab. Ne Verleumdungsklage werd ich denen reindrücken! So beginnt ja Ausgrenzung. Mit einer Mutmaßung. Antisemitismus mäandert ja auf Vorurteilen, dem Bestehenden also. Bin mal gespannt, wann die mir nen gelben Stern anpappen.

AIDEN Unten heißt: Strom, oben heißt: kein Strom.

CHARLOTTE Also kein Strom.

JACOB Was?

AIDEN *zu Charlotte* Melden Sie sich einfach bei den Stadtwerken. Die suchen nach tüchtigen Elektrikerinnen.

ELLA *inmitten der Selbstdiagnostik.* Ich riech nicht nach Pisse! Wer sagt denn so etwas? Die Oberhaut hat sicher die Konsistenz von Blätterteig, das müssen wir nicht erörtern, das lässt sich nicht leugnen. Aber Pisse, das hat ne andere Qualität. Eine Verleumdungsklage-Qualität.

CHARLOTTE *hat die Hand erneut am Schalter.* Ich denk, ich leg den mal um.

JACOB *scharf* Untersteh dich!

CHARLOTTE Was haben wir zu verlieren? Den Tod?

AIDEN *gelangweilt, dennoch fordernd* Ja, was denn nun?

Charlotte legt den Schalter um. Der Aufzug setzt sich unter leisem Surren in Bewegung. Nachdem sie einen kurzen Moment nervös flackerte, strahlt nun auch die Deckenbeleuchtung gleich alles viel heller aus. Charlot-

te, Jacob und Aiden formieren sich regungslos am Ausgang, ordnen, zupfen und streichen sich Kleidung und Frisur in Form, weil die zurückliegenden Ereignisse alles aus der Fasson gebracht haben. Nur Ella weiß nicht, wie sie die Situation meistern soll. Hält sich wie ein verstörtes Tier im Hintergrund.

CHARLOTTE *sieht auf die Uhr.* Glaubst du, wir schaffen es rechtzeitig?

JACOB Waren wir je unpünktlich?

CHARLOTTE Hast du das Redemanuskript? *Friemelt Lippenstift und Spiegel aus der Handtasche.*

JACOB Sicher, Schatz. Aber die Datteln im Speckmantel werden sie mir weggeputzt haben. Es ist immer das Gleiche. Die sind so animalisch, diese Richtfest-Hopper.

CHARLOTTE *zieht sich die Lippen nach.* Speckmäntel gab es bei Frank. Heute isst man vegan. Wann will dir Dummian das mal in den Kopf? Du willst uns doch nicht wieder blamieren?

JACOB Ich liebe dich, Charlotte.

CHARLOTTE Ich liebe dich auch, Jacob.

Die Türe des Fahrstuhls öffnet sich mit einem Gong. Kein Baulärm. Charlotte und Jacob treten leichten Schrittes heraus, sie beinahe tänzelnd voneweg, dann ab. Aiden selbstversunken dahinter, latschend. Als er bemerkt, dass Ella wie zu einer Salzsäule erstarrt im Aufzug geblieben ist, wandert er zu ihr zurück. Eine

Weile bleibt er regungslos an der Lifttüre stehen, streckt dann eine Hand nach ihr aus. Jacob ist noch einmal zurückgekehrt, leicht außer Atem. Er hält einen kleinen Sicherheitsabstand zu Aiden.

JACOB *zu Aiden* Sie müssen Sie locken.

AIDEN Bitte?

JACOB Anfüttern, Mann! Sie müssen ihr etwas anbieten, das sie nicht ausschlagen kann.

AIDEN *Pause.* Es ist das Kalium.

Jacob schweigt. Aiden betrachtet noch eine Weile seine ausgestreckte Hand, die Ella nicht ergreift. Dunkel.

Ende

Synopsis

Menschen auf dem Weg nach oben. Ein New Yorker Richtfest soll für zwei Frauen und zwei Männer nur ein weiterer Baustein in ihrer Karriereplanung werden. Doch bei der Auffahrt zum Dach bleibt plötzlich der Aufzug im Schacht des Wolkenkratzers stecken. Die metallene Box, in der sich die beiden ungleichen Paare eben noch mit anspielungsreichen Zynismen eindeckten und mit derben Frotzeleien die Zeit vertrieben, sie wird schnell zu einem alptraumhaften Käfig, den das schillernde Quartett im Angesicht des nahenden Todes als endzeitliche Bühne bespielt. Doch wo verliert sich in diesem letzten Schaukampf der verletzten Eitelkeiten die Realität? Und wo bildet sich in der wilden Fiktion aus dem Trauma des Verdrängens jetzt der Nukleus von Menschlichkeit heraus?

Thomas Herget lässt vier Personen hoch über den Straßen von Downtown Manhattan über sich selbst richten und in eine dampfende Crime-Soap an der mexikanischen Grenze hinabtauchen. Elaboriertes Kopfkino als nie versiegende Quelle, der aufscheinenden Fratze des Todes das Wasser abzugraben? Die Kraft der Imagination als schöpferische Eselsbrücke, den bisherigen Lebensentwürfen eine Sinnhaftigkeit einzuhauchen? Hier wirkt der surreale Grusel, in den sich das todgeweihte Quartett immer lebhafter hineininszeniert, bestenfalls abstrakt läuternd. Stattdessen wirft die Improvisationswut ihr deformiertes Personal auf sich selbst zurück. In der Hermetik der Druckkammer eines Hochhauses findet die Phantasmagorie nur in exzessiven Demütigungsritualen und Selbstverstümmelungen eine dekadent-reale Entsprechung. Es sind klaustrophobische Veitstänze an der Grenze zwischen existenzialistischen Begehrlichkeiten und verletzten Eitelkeiten, unterdrückten sexuellen Obsessionen und verlautbarten Freiheiten, zwischen Neurosen und Neurodermitis.

Die konkrete Darstellung der inneren Leere, die sich explizit in den skurrilen Machtansprüchen der beiden Frauen spiegelt, offenbart dabei die Vermeidungsstrategien aller Figuren, sich einer offenen Aussprache zu stellen. Die ständige Behauptung einer Moral, die hier nur als ein quasireligiöser Fetisch taugt, zeugt von der Perfidie dieser absurden Dramatik, Besitz- wie Rechtsansprüche über den Tod hinaus geltend zu machen.

Der Autor entlässt die Maulhelden des Turbokapitalismus am Ende keineswegs gnädig in deren angestammten Soziotope. Denn die Wunden der seelischen Deformation, sie waren unter dem Erwartungsdruck einer Leistungsgesellschaft schon als Kollateralschäden verbucht, lange bevor in diesem

Kammerspiel die Ellenbogen ausgefahren wurden. Weil in dieser kannibalischen Welt niemand wirklich etwas zu verlieren hatte, wird jetzt das Geschenk eines zweiten Lebens eben nur als traurige Rückkehr ohne Erkenntnisgewinn gefeiert. "Wir aßen sie roh" ist ein irrer Spaß und eine düstere Farce zugleich. Herget schrieb das Stück unter dem Eindruck des Coronavirus-Schocks, ohne dabei den weltumspannenden Pandemie-Marathon explizit zu thematisieren oder zum Leitmotiv zu erheben. Entstanden ist ein allegorisches Drama über die Einsamkeit von Menschen in digitalen Zeiten, Theater über die Unmöglichkeit, in urbanen Zerstreuungswüsten so etwas wie Nähe zuzulassen.

FSC
www.fsc.org

MIX

Papier aus ver-
antwortungsvollen
Quellen

Paper from
responsible sources

FSC® C105338